Éditeur : Thomas LI MA WEI – PACA (83)

ISBN (version papier) : 9798862956849

Loi n°49-956 du 16 juillet 1949
sur les publications destinées à la jeunesse

Dépôt légal : novembre 2023

8,90 € - Imprimé à la demande par Amazon

Cocktail d'univers

Textes intermédiaires en français pour ados

Thomas LI MA WEI

TABLE DES MATIÈRES

AVANT-PROPOS

Tout comme dans le premier recueil, je souhaite :

- démontrer qu'une collaboration internationale contribue à l'enrichissement de l'art ;
- traiter plusieurs thématiques qui témoignent de notre époque pour pousser à réfléchir et développer son esprit critique ;
- prouver que l'on peut jouer avec la langue française à travers l'écriture ;
- laisser libre court à sa créativité pour réaliser que cela n'est pas aussi complexe qu'il n'y parait.

En revanche, j'ai fait le choix de ne pas ne pas inclure de guide pédagogique ici pour que la lecture soit plus appréciable et moins académique.

Certains mots sont expliqués dans les notes de bas de page mais pas tous ! Une recherche sur internet sera nécessaire. Les éléments culturels seront commentés.

Bonne lecture !

TEXTES COURTS

L'escroquerie du siècle

Voici ce qu'on lit sur la pancarte :

Venez admirer nos fabuleuses créatures venues des quatre coins du monde !

Madame Meringue – L'éléphante

Gueule d'Enfer – Le demi-démon

King Léonard – Le cyborg lion

Araknamapalamana – L'araignée

Jean-Rhinocérique – Le rhinocéros

Serpentina – La déesse aux écailles

Bic et Bosse – Les parasites

Ouitilysse – Le singe de la justice

Rue de l'Art Naque

21 h 30 – 02 h 00 / 1000 francs[1] l'entrée

---

[1] = l'ancienne monnaie de la France (1000 francs c'est environ 150 €)

Tous les gens se ruent[2] dans l'étrange chapiteau, qui apparait chaque soir comme par magie, dans le but de rire. Le spectacle émerveille les petits comme les grands. Mais chaque soir, certains badauds[3] s'étonnent de rentrer chez eux sans argent.

Une enquête a donc été menée pour voir si la troupe était en cause. En réalité, ces « fabuleuses créatures » n'étaient que de simples humains, comme vous et moi. Surprenant ! Ils font partie de la même famille et le plus décevant est qu'aucun d'eux ne possèdent de talents ou de particularités...

Bic et Bosse, Jean-Rhinocérique, Ouitilysse et Madame Meringue
illustrés par Luisa Pistidda (alias Milk Hazelnut)

Instagram : @milk_hazelnut1

---

[2] Se ruer = aller rapidement vers un endroit
[3] Les badauds = les spectateurs

Mail : milk.hazelnut@yahoo.com

Dès que le chapiteau fermait : Madame Meringue retirait toutes les couches de ses vêtements : elle était en réalité très maigre.

Gueule d'Enfer ôtait son maquillage noir et rouge et ses lentilles blanches.

King Léonard détachait sans grande difficulté ses accessoires de son déguisement de cyborg et coiffait sa grande perruque de lion avant de l'enlever de sa tête.

Araknamapalamana, de son vrai nom Lucie Dupont, n'avait jamais été infectée par une araignée. Elle ne pouvait pas marcher sur les murs ni lancer de toiles. Elle avait juste à passer ses tatouages sous l'eau pour les faire disparaitre.

Jean-Rhinocérique retirait sa prothèse d'ivoire brillante en forme de corne pointue.

Serpentina arrachait sans douleur les fausses écailles qui décoraient les parties de son corps : le visage, les bras, la poitrine et la jambe droite. Les autres parties étaient cachées par une longue robe émeraude.

Bic et Bosse se séparaient de leur vêtement trompe-l'œil qui mimait le partage d'un seul et même corps.

Et : Ouitilysse, le charmant petit singe apprivoisé et soi-disant juste, s'amusait à dérober les portefeuilles des spectateurs lorsqu'ils regardaient le spectacle.

Depuis la découverte de cette immense tromperie[4], la compagnie a mystérieusement disparu…

**Un conseil : ne vous fiez pas aux apparences…
elles sont trompeuses !**

_____

[4] La tromperie = le mensonge

Mon premier mensonge

Je ne comprends pas pourquoi j'ai agi comme ça…

Timothée a toujours eu cette habitude de me mettre en colère pour rien. Il adore frimer[5]. C'est le mec[6] le plus cool, le plus beau et c'est mon meilleur ami. Nous avons toujours été dans les mêmes classes depuis la maternelle. Nous nous suivons depuis tout ce temps. Les seuls moments où nous ne sommes pas ensemble, c'est quand on dort. Il est comme un petit frère et je suis un peu comme sa grande sœur, même si nous avons tous les deux 16 ans et demi.

Mercredi après-midi, alors que nous sommes en train de manger des chips et de gaspiller[7] notre temps sur le divan, Timothée se confie :

— Tu ne sais pas quoi !
— Quoi ?
— Tu te souviens de Sara ?
— Oui ?
— Bah, j'étais sur le point de la pécho[8].
— Et...

_____

[5] Frimer = chercher à se faire remarquer
[6] Le mec = le garçon
[7] Gaspiller = perdre inutilement et sans raison
[8] Pécho = verlan de choper = embrasser – Le verlan est une façon de parler chez les jeunes. Elle consiste à inverser les syllabes des mots. Exemple : merci → cimer

— Attends ! Elle m'a stoppé...
— Et du coup ?
— Bah… Elle m'a dit que j'étais le coup de cœur de son frère jumeau Carlo. Il est mignon mais c'est elle qui me plait !
— Et ensuite, t'as laissé tomber j'espère ?
— Non, j'ai quand même essayé de l'embrasser mais elle m'a repoussé… et elle est partie…
— Bah normal, tu lui as pas demandé avant ! Le consentement[9], tu connais ?
— C'est bon, laisse-moi tranquille…

Le lendemain, Timothée n'est pas venu au lycée. Je n'ai reçu aucun message. J'étais en colère et je ne sais pas pourquoi, j'ai décidé d'aller parler à Naomie : la fille que je déteste le plus dans la classe. Naomie n'arrêtait pas de me poser des questions sur l'absence de Timothée… Moi, je lui ai parlé du match de foot d'hier et de Carlo parce qu'il était malade. Ensuite, tout est allé très vite. Naomie a posté un *tweet* et est allée répéter l'histoire à tout le monde. Tout le lycée a fait une *story* sur *Instagram* et *Snapchat* et en moins de vingt minutes, tout le monde pensait que Carlo et Timothée avait couché ensemble, qu'ils n'avaient pas utilisé de préservatif et qu'ils avaient eu une MST[10]. Bref, une télénovela… Quand les gens questionnaient Naomie, elle disait que je lui avais tout dit. Quand on venait me demander je disais que c'était vrai.

_____

[9] Quand on fait une proposition à une personne, elle peut dire oui ou non. La décision doit être respectée sans discuter !
[10] MST = Maladie Sexuellement Transmissible

Je suis contre les mensonges. C'est malhonnête !
Mais… essayez de me comprendre ! Je n'ai rien vu
venir. Tout le monde est arrivé vers moi, je ne savais
pas comment réagir et j'ai menti pour la première
fois… Qu'auriez-vous fait à ma place ?

Quelques jours plus tard, la famille de Sara et Carlo
a décidé de déménager pour échapper aux menaces de
mort qu'elle recevait sur internet. Timothée recevait
lui aussi des messages d'insultes et ne voulait plus
sortir de chez lui.

Toute cette histoire est allée beaucoup trop loin !
Aujourd'hui, j'ai pris rendez-vous avec le directeur et
ma professeure principale, je dois leur dire la vérité et
enfin prendre mes responsabilités.

**Le harcèlement et le cyberharcèlement tuent,
devenez actrices et acteurs dans ce combat !**

Instagram : @mostrodicompagnia

Atteindre des sommets

Borlane n'est pas un adolescent ordinaire, ses bras font le triple de sa taille. Oui ! Lorsqu'il entre dans un magasin, l'un de ses bras doit rester dehors sous peine de déranger les autres clients. Même chose quand il s'agit d'aller chez le coiffeur... S'il ne fait pas attention, le barbier marche par mégarde[11] sur eux et cela lui cause d'affreuses douleurs. Le soir, quand il rentre exténué[12] de sa journée, ses bras sont tout gonflés et couverts de bleus. Après le rituel de soin à l'arnica[13], Borlane se met sur son fauteuil et attend que ses bras dégonflent.

Il ne souhaite qu'une chose s'en débarrasser : à quoi peuvent-ils lui servir à part lui gâcher la vie ? En allant se coucher, il fait un souhait, toujours le même : celui d'être comme tout le monde !

Le jour suivant, alors qu'il se rend chez son amie, qui travaille dans l'unique serrurerie de la ville, une chose attire son attention : un vendeur d'antiquités l'interpelle. Borlane s'approche. Le vendeur lui tend un drôle de tableau sur lequel est écrit « Le chirurgien d'argent vous attend tout là-haut, au sommet de la montagne infernale ! ». Borlane saute de joie ! Sa prière est entendue. Grâce au chirurgien, il pourrait

---

[11] Par mégarde = sans faire attention = sans faire exprès
[12] Exténué = épuisé = très fatigué
[13] L'arnica est une crème qui permet de soulager les bleus, les blessures provoquées par un choc.

obtenir des bras comme tout le monde et ne plus vivre avec ce fardeau. Il redonne le tableau au commerçant et court aussi vite qu'il peut dans son appartement ; ses bras le suivent tels deux cerfs-volants. Arrivé chez lui, il enfile ses plus belles chaussures de randonnée avant de se rendre en direction de la montagne.

Lorsqu'il arrive aux pieds de celle-ci, il voit qu'il n'est pas le seul à vouloir trouver le docteur en médecine. « Je suis sûr qu'ils se plaignent pour un oui ou pour un non, ils ne doivent pas connaître la vraie souffrance, la vraie haine contre soi-même », pense-t-il très fort dans son esprit. Avant de commencer sa montée, Borlane observe autour de lui. Ce qu'il voit confirme ses suppositions, les prétendants de la métamorphose n'ont aucun défaut ; de son point de vue, il les trouve tous magnifiques. Ils sont parfaitement proportionnés. Pour Borlane, c'est la goutte d'eau, il doit arriver avant eux ! En un instant, ses réflexions sont stoppées car les athlètes débutent leur ascension. Borlane se dépêche et file comme une flèche. Ses bras, qui l'avaient toujours gêné jusqu'à présent, se révèlent d'une époustouflante utilité. Même lui n'en revient pas. Il grimpe à une vitesse folle que des bouts de brocolis, restés coincés dans les plis de sa chemise après le repas du midi, se désintègrent telles des étoiles filantes en dégringolant. Finalement, après une trentaine de secondes, il finit par arriver en haut. Il s'assoit et contemple le vaste ciel. « Qu'est-ce que c'est beau ! », déclare-t-il tout émerveillé en regardant ses bras pour la dernière fois. Il sourit et entre dans le chalet étroit qui se trouve derrière lui. Évidemment, ses bras étaient priés de patienter à l'extérieur.

« 32 secondes piles, Monsieur ! Félicitations ! Vous remportez le chirurgien d'argent. Qu'allez-vous en faire ? », dit une vieille dame à la voix douce. Borlane ne comprend pas. La grand-mère lui explique qu'il vient de participer à une course caritative régionale. Le « chirurgien d'argent » n'était en fait qu'un prix ; un vulgaire cintre peint en gris métal d'une valeur de 10 000 €. Borlane était déçu. Même s'il s'agissait d'une très grosse somme d'argent, cela ne suffisait pas à payer une opération pour ses deux bras et puis il s'attendait à trouver un vrai chirurgien, pas un cintre... La vieille femme prend alors le temps de le consoler : « Sachez jeune homme, que nous avons tous des défauts bien qu'ils semblent invisibles aux yeux des autres. Toutefois, ce que vous considérez aujourd'hui comme une faiblesse ou une gêne s'est avérée plus que profitable pour gravir ce mont arpenté et dangereux. C'est vrai que vos bras sont longs mais ils vous rendent unique, non ! Que diriez-vous d'arrêter de vous plaindre et de mettre à profit vos deux bras pour aider les autres ? ».

Depuis ce jour, Borlane sourit à la vie et n'est plus triste. Il est devenu secouriste. Ses bras lui permettent d'escalader n'importe quelle montagne. Il peut ainsi sauver de nombreux blessés *en un éclair !*

Borlane illustré par Ao Shao.

Retour dans le temps

Quand nous sortons du bâtiment, il fait nuit et les lampadaires éclairent la rue. Le maître du jeu nous met en garde : « Un conseil les jeunes… Ne revenez pas ou vous en subirez les conséquences ! ».

Tout le monde est énervé… personne ne me parle. Ils veulent refaire une partie. J'aimerais bien aussi car un chèque d'un million d'euros… ça ne se refuse pas. Sirique sort alors un vieux livre de son sac-à-dos sur lequel on peut lire :

La magie est ta plus grande amie et ennemie.
Pour l'utiliser, tu devras en payer le prix !

« Tu nous avais caché ça toi ! Tu parles d'un pote… », dit Paulon. « Regardez… page 154, juste ici : Retour dans le passé : unique moyen pour corriger une erreur ! », répond Sirique avant de nous demander si nous voulons utiliser l'incantation. Tout le monde accepte sauf Salonie qui ne vote pas. La majorité l'emporte. La phrase du maitre du jeu résonnait en moi. Nous ne devrions pas faire ça… Mais trop tard ! Sirique invoque le professeur Jezequiel, qui est capable de voyager dans le temps. Un bus mystérieux apparait. Il s'arrête devant nous et se gare devant l'hôtel. Le bus semble ancien. Il est bicolore : blanc et rouge foncé.

Le bus du professeur Jezequiel illustré par Manuel Dell'Acqua.

Instagram : @pieduel.90

Nous entrons dans le bus. « Ne trainez pas, s'il vous plait ! Un portail spatio-temporel vient tout juste de s'ouvrir. J'espère que vous connaissez les risques. », dit le professeur d'une voix grave et inquiétante.

Alors que je commence à me perdre de nouveau dans mes pensées, Céciline tape mon épaule pour me dire d'avancer. Paulon, Salonie, Sirique et Mélamé sont déjà installés. Je prends place à mon tour et attache ma ceinture. Le professeur vérifie que tout est en ordre et appuie sur l'accélérateur. Le bus démarre à une allure incroyable. En trois secondes, il fonce dans les rues et alors qu'il gagne en vitesse, nos têtes commencent à s'enfoncer dans les sièges.

J'avais lu ça avant de monter. Il fallait parfois plusieurs dizaines de minutes pour pouvoir décoller les voyageurs de leur siège à la fin du… Oh ! Nous sommes arrivés ! En descendant du bus nous sommes tous secoués et nous décidons de nous reposer pour reprendre des forces. Le professeur nous salue, ferme les portes de son véhicule et entre dans un autre portail – il doit continuer à déposer d'autres passagers.

Sirique, Salonie, Paulon et Céciline me regardent. Mélamé, qui n'a pas sa langue dans sa poche, me dit : « T'as pas intérêt à tout faire foirer[14] cette fois ! Sinon je te tue ! ». Je suis rouge comme une tomate[15]. Je sais que j'ai tout gâché… Lors du jeu, je n'ai pas réussi à actionner le bon levier et… tout l'argent a brûlé devant nous.

Après une longue marche, nous arrivons devant le bâtiment de l'Escape Game.

---

[14] Faire foirer quelque chose = faire rater quelque chose
[15] Être rouge comme une tomate = être très gêné au point d'en devenir rouge.

L'atmosphère est glaciale et nous restons tous sans voix en lisant la pancarte. Les règles ont changé :

Le Jeu de la Mort :
Survivez ou vous le paierez de votre vie !

— Mélamé se tourne alors vers moi et me dit : « Je n'aurais peut-être pas besoin de le faire finalement ! » avant d'entrer la première dans le bâtiment.

Que vais-je faire ? Je ne veux pas mourir ! Il m'est impossible de revenir en arrière. Stop ! Je dois arrêter de fuir tout le temps. Je vais gagner ce jeu. À partir de maintenant, c'est chacun pour soi !

Le village de Norwich

Personne n'en avait jamais entendu parler. Ma surprise a été grande, quand j'ai découvert leur existence dans un livre. C'était hier après-midi, je m'ennuyais terriblement et j'ai décidé de me rendre à la bibliothèque, construite par M. Kanamich. J'aime y passer beaucoup de temps pour ranger les livres et les feuilleter, admirer les nouvelles collections ou bien pour nettoyer la poussière qui s'entasse en quelques minutes. J'adore les livres ! Grâce à eux, je suis libre d'imaginer un monde unique, un univers parallèle où le temps ne s'écoule pas à la même célérité[16].

En arrivant devant la bibliothèque, j'étais agité. Quand je suis rentré, un étrange courant d'air m'a tout de suite guidé dans la section des contes étrangers – j'ai accès à l'entièreté de la bibliothèque puisqu'elle appartient à ma femme. En réalité, je ne suis pas fan des fées et autres créatures enchantées qui pullulent[17] dans ces histoires. Je préfère la science-fiction ou les romans policiers !

Alors que je m'apprêtais à aller dans la rangée B265 – pour récupérer ma BD favorite – mon regard se posa sur un livre volumineux[18] situé près des conduits de

---

[16] À la même célérité = à la même vitesse
[17] Pullulent = qui sont en très grand nombre
[18] Volumineux = qui prend beaucoup de place

ventilation. Sur son dos, il n'y avait aucune inscription et cela attira mon attention.

Illustré par T. A
Instagram : @oni.kuzu

Ma main récupéra le livre – sur la première de couverture, il n'y avait qu'un simple K, tandis que sur la quatrième de couverture, je lisais : *Un peuple bien intrigant* – mes jambes se dirigèrent alors vers l'espace calme et réservé à la lecture et je m'assis sur un pouf[19]. Au moment où j'ouvris le livre, la cloche municipale du goûter retentit – signal impératif pour effectuer la grande sieste journalière – mais quelque chose me forçait à débuter la lecture. « Je dormirai plus tôt ce soir ! », me dis-je. En arrivant sur la page suivante, un message apparut :

Prenez garde !
Ils existent toujours.

Puis il se volatilisa[20] et j'ouvris le livre. Il s'agissait d'un récit sur une population lointaine qui agissait souvent par des actes violents envers leurs congénères. Les personnages du livre n'étaient pas amicaux : on parlait de trafic, de meurtres, de guerres, de destructions d'édifices à l'aide de pierres... De vrais sauvages !

Il faut dire qu'ici, les habitants sont des gens civilisés – nous n'avons jamais de problèmes, et même s'il y en avait, des solutions seraient trouvées pour veiller au bon équilibre de notre cohabitation[21].

Je pris mes précautions en continuant de lire. Mais

---

[19] Sur un pouf = sur un très gros coussin
[20] Il se volatilisa = il disparut
[21] La cohabitation, c'est le fait de vivre ensemble.

heureusement ma lecture fut un peu plus tranquille. Toute la partie cruelle avait pris fin pour présenter les us et les coutumes[22] de ces étranges personnages. Certains d'entre eux nous ressemblaient, bien qu'ils fassent le triple de notre taille. Ils adoraient le sport et faire de bons plats savoureux comme nous. L'auteur a aussi introduit des chants typiques de leurs fêtes. C'était très intéressant !

Alors que j'allais lire une autre page, des aboiements[23] me ramenèrent à la réalité. Il était 20h30 ; la bibliothèque était fermée. Je reposai le livre à sa place et rentrai, encore tout chamboulé[24] par ce que je venais de découvrir. Les jours suivants, je continuais mon enquête.

Mais un beau matin, je ne retrouvai plus le livre. Je suis immédiatement allé voir Mme Fiverivich, la bibliothécaire et doyenne de Norwich. Agacée par toutes mes questions qui faisaient siffler ses appareils auditifs, elle me demanda de lui donner un mot qui pourrait l'aider à retrouver le livre. Je lui dis alors : « Les humains ? » et elle tomba dans les pommes[25]. Quand elle revint à elle, elle me conseilla d'aller voir l'auteur du livre : M. Kanamich en personne. Nous étions en danger et lui seul saurait quoi faire pour nous aider face à ce danger imminent[26].

---

[22] Les us et les coutumes = les traditions, les habitudes
[23] Les aboiements sont les cris du chien.
[24] Être chamboulé = ne pas avoir les idées claires
[25] Tomber dans les pommes = s'évanouir
[26] Imminent = qui va arriver très bientôt

Information de dernière minute

Illustré par Xue'er Zeng.
Instagram : @chertsang_illustration

https://www.behance.net/CherTsang

*Pourriez-vous nous parler de votre nouvelle
invention M. Galanis ?*

Je vous en prie appelez-moi Giorgos. Mon invention
s'appelle le polaroïd ensorcelé. Il n'est disponible que

dans une seule couleur pour le moment. J'ai choisi le bleu océan pour ses vertus relaxantes. Ici, il y a un cadrage vocal automatique, c'est le petit bonus ! Il suffit d'enregistrer sa voix en amont[27] dans l'appareil puis, lorsque vous voulez faire la photo, de dire « cadragiam automaticam ! », pour obtenir une photo parfaite. Un autre avantage est qu'il ne peut pas tomber en panne. Sa conception le rend également résistant à la chaleur et à la pluie : même les fines gouttes d'eau ne peuvent rien contre lui. Il est indestructible !

Effectivement, c'est vrai, c'est original !
Mais qu'entendez-vous par « ensorcelé » ?

C'est simple ! La photo qui sort du polaroïd a le pouvoir de vous faire revivre à l'infini le souvenir qui y est imprimé, il suffit de prononcer : « Revivrum souvenirium ». Autrefois, les photos n'étaient que des pâles copies d'un moment vécu et figé pour l'éternité. Désormais, on peut revivre cet instant pour toujours !

Pardonnez-moi mais... la magie n'existe pas !
Faut-il être sorcier ou bien magicien ?
Enfin... avoir des pouvoirs pour l'utiliser ?

Non, bien sûr que la magie n'existe pas, mais c'est quelque chose qui s'en rapproche. Toutefois, je ne peux malheureusement pas révéler tous mes secrets. Cela serait trop simple, vous vous en doutez…

---

[27] En amont = avant

Certes, je m'attendais à cette réponse...
Sinon, qu'en est-il du prix ? J'imagine bien qu'une
machine aussi innovante n'est pas à la portée du
consommateur lambda[28] qui grignote son casse-
croûte[29] à 10 € chaque midi ?

En réalité, cet appareil est uniquement destiné à la recherche. Il ne vise pas un autre type de public... du moins pour l'instant. D'autres modèles seront commercialisés dans les grandes surfaces, mais cela ne sera pas effectif avant 2045. Pour l'instant, le prix est fixé à 13 000 €, il baissera peut-être, pour s'adapter au mieux au nouveau public.

Ah oui, c'est une somme mirobolante[30] !
Je trouverai un autre cadeau de Noël à mon neveu !
Comment cette idée vous a-t-elle traversé l'esprit ?

J'ai toujours été fasciné par les photos en mouvement dans les films d'*Harry Potter*. Je suis sûr que ça vient de là ! J'ai d'abord noté toutes mes idées dans un cahier, sans pour autant savoir où cela me conduirait. Puis, j'ai mis ce projet de côté et il aura fallu attendre mon rendez-vous annuel chez ma dentiste pour que je le reprenne.

Chez votre dentiste ?

---

[28] Le consommateur lambda, c'est le consommateur ordinaire : toi, moi, ton voisin, etc.
[29] Son casse-croûte = sa collation = son en-cas = son déjeuner
[30] Mirobolante = inattendue

Oui ! J'étais en pleine extraction de mes dents de sagesse, quand tout à coup une odeur de menthe est venue me chatouiller les narines. J'ai immédiatement éternué sur ma dentiste et j'ai eu le déclic : faire revivre cet instant-T à des professionnels pour leur permettre d'observer un phénomène éphémère. Je me suis alors lancé dans la conception de mon invention sans perdre de temps et me voilà à présent devant vous avec ce prototype !

C'est extraordinaire !
Bien... Nous arrivons à la fin de notre entretien.
Je vous remercie pour cette interview et vous
souhaite une bonne continuation pour la suite
M. Galanis !
C'était Anthony Standford, nous rendons l'antenne
au studio.

Au revoir M. Standford.

[Plus tard chez Giorgos Galanis]

Qu'il est bête ce Standford ! Qui d'autres va croire à cette infox[31] à part lui... Où est mon téléphone ? Ah le voilà ! Mais... C'est quoi toutes ces notifs[32] ? Ohhh non... Tout le monde y croit, ça fait le buzz ! Je suis fichu[33].

---

[31] Une infox est une fausse information qui correspond à un mensonge.
[32] Notifs = abréviation de notifications.
[33] Être fichu = être dans une mauvaise situation

L'homme dans la maison abandonnée

M. Martin illustré par Salomé Azaïs.
Instagram : @salome_az

J'enlève l'autocollant et le pose par terre. J'insère la clé et entre dans cette nouvelle pièce. Un homme chauve et en pyjama est assis dans un fauteuil, il tourne la tête et me dit : « Moi qui pensais avoir la paix… Ne sois pas timide jeune homme, entre ! Regarde, il y a cette chaise. N'aie pas peur ! Assieds-toi ! ». Étrangement, je n'ai pas peur. Je prends la chaise et m'assois. Le vieil homme me rappelle mon oncle Philippe. Il est assez bavard et pas du tout violent. L'homme – enfin M. Martin – commence à me raconter sa vie dans les moindres[34] détails.

M. Martin est l'ancien propriétaire de cette maison. Après le décès[35] de sa femme, il n'a pas voulu déménager. Ses enfants avaient plusieurs fois tenté de le conduire en maison de retraite mais M. Martin avait refusé. Toutefois, il savait que ses enfants avaient un plan pour le faire partir.

M. Martin avait alors eu l'idée d'enfermer un rat dans le grenier. Ce rat, en courant sur le plancher, faisait des bruits inquiétants. M. Martin disait qu'il y avait des fantômes dans la maison et qu'il devait rester pour les combattre. Il est resté tranquille pendant deux ans. Puis un jour, alors qu'il était sorti se promener, il y eut un incendie dans sa maison. D'après ses enfants, M. Martin avait oublié une poêle sur le feu, mais en réalité, c'étaient eux qui avaient fait brûler la maison pour se débarrasser de leur père et empocher[36] l'argent des assurances. M. Martin s'était donc retrouvé en

---

[34] Dans les moindres détails = dans tous les détails
[35] Le décès = la mort
[36] Empocher = mettre dans sa poche = gagner = récupérer

maison de retraite sans l'avoir décidé. La maison n'a pas été reconstruite ensuite.

En maison de retraite, M. Martin est tombé très malade – une maladie incurable[37]. Son dernier choix avant de quitter ce monde était de revoir sa demeure[38] et un soir, personne ne trouva M. Martin dans la maison de retraite. Il avait fugué !

Il était en fait retourné là où il avait toujours vécu. Quand M. Martin arriva devant sa maison vide et brûlée, le chagrin l'envahit. Il devait désormais aménager son tombeau. Pour l'aider, il avait demandé à son ancien ami, Fabrice, de lui commander un fauteuil. De cette manière, il pouvait continuer à regarder ce qu'il se passait derrière la fenêtre et pouvait repenser à son passé.

Pour être sûr de ne pas être dérangé, il avait demandé à son ami de mettre des autocollants sur tous les murs de la maison. Cela lui avait demandé beaucoup de travail, mais il y était parvenu. La porte de la chambre de M. Martin était désormais introuvable car il n'y avait pas de poignée extérieure.

« Oups ! Je vous ai dérangé alors, désolé… », dis-je à M. Martin qui ne m'en veut pas. Il a ce regard bienveillant en me racontant son histoire. Je sens qu'il est heureux car c'était sa décision cette fois.

M. Martin avait aussi anticipé l'intrusion des voleurs car un coffre se trouvait dans la cave. Mais lorsqu'un cambrioleur[39] pénétrait dans la maison, M. Martin

---

[37] Incurable = qu'on ne peut pas soigner
[38] La demeure = la maison
[39] Le cambrioleur = le voleur = l'intru

faisait du bruit et cela le faisait fuir. Moi, je n'avais pas eu peur des bruits et avais décidé de rester. « Tu es bien courageux mon garçon. Tu mérites un cadeau pour m'avoir trouvé ! ».

C'est vrai que je suis courageux ! J'adore visiter les lieux abandonnés, c'est ma grande passion depuis que j'ai 19 ans. Je pars quelques fois avec des potes[40] mais je suis souvent seul. J'adore l'urbex[41] !

Notre conversation, avec M. Martin, dure maintenant depuis plusieurs heures. Il ne faut pas que je tarde trop sinon mes parents vont m'engueuler[42]. Je prends la décision de partir et de laisser M. Martin qui commence à s'endormir.
Alors que je le salue, M. Martin se lève et s'approche : « Prends cette clé, descends à la cave et récupère mon coffre. Adieu jeune homme ! ». Je me dirige vers la porte, la ferme et recolle un autocollant sur la serrure. Plus personne ne dérangera M. Martin !

Arrivé chez moi, je regarde mon étagère remplie de trésors de toutes mes explorations. Je souris lorsque je vois le coffre de M. Martin et décide de l'ouvrir. Une larme coule le long de ma joue lorsque je découvre son contenu.

Selon toi, que peut contenir le coffre ?

---

[40] Des potes = des amis
[41] L'urbex = l'exploration urbaine
[42] M'engueuler = me crier dessus = s'énerver contre moi

L'appartement

Les élèves pénètrent dans la classe de physique-chimie. Un étrange brouillard recouvre le sol. Les élèves s'installent à leur table.

— Vous habitez-vous où Madame ?

— Dans une maison ?

— Mais non dans un hôtel, elle est riche la Prof !

— Non, je ne suis pas riche. Je ne peux pas vivre dans un hôtel, mais j'aimerais bien ! Je vis plutôt dans un merveilleux appartement.

— Merveilleux... c'est-à-dire ?

— Vous allez rire mais des créatures y vivent. Certaines sont avec moi aujourd'hui.

— Ohlala ! Elle a craqué[43] !

La classe se met à rire !

— S'il vous plaît ! Silence ! Regardez !

Madame Samoht sort un étrange livre de son cartable.

---

[43] Elle a craqué = dire importe quoi

Elle le caresse au niveau du dos. Le livre se met alors à produire un son familier. L'inquiétude se lit sur le visage des élèves qui ne disent plus rien.

— Mais Madame... il y a un souci, ce livre il est en train de ronronner[44] ?

— Ce n'est pas normal, c'est l'une de vos blagues habituelles, n'est-ce pas ?

Madame Samoht place son index devant sa bouche. Les élèves se taisent. La professeure ouvre le livre. En un instant, des bêtes mythologiques et des monstres surgissent des pages blanches.

— Prudence les enfants ! Ne les touchez pas ! Ces êtres magiques pourraient vous attaquer !

— Prof, expliquez-nous ?

— Quand je suis arrivée dans mon nouvel appartement, je n'avais qu'une seule envie : me jeter dans mon lit. Mais je devais faire les courses. Le frigo était vide. J'ai alors rédigé ma... Andrea ? Tu écoutes ? Tu me poses la question et tu te déconcentres...

— Mais Prof ! Il y a une fée qui me tire l'oreille.

— Change de place alors... Viens devant ! Il faut

---

[44] Ronronner = bruit que fait le chat quand il est content

faire attention avec les fées. Elles ne sont pas toutes gentilles. Je reprends… J'ai alors rédigé ma liste de courses quand un puissant courant d'air a fait voler mon bout de papier. Celui-ci s'est mis à tourbillonner et s'est posé plus loin sur le plancher.

Illustré par Anonymous.

Lorsque je me suis baissée pour le ramasser, j'ai remarqué qu'une des lattes était mal positionnée. Je l'ai soulevée et j'ai trouvé ce mystérieux livre. Je l'ai ouvert et voilà ce qui en est sorti. Vous savez tout ! Il suffit de refermer le livre pour que toutes ces choses disparaissent... Des questions ?

Les élèves sont sans voix[45]. Florian reste perplexe[46].

---

[45] Être sans voix = ne plus savoir quoi dire
[46] Perplexe = dubitatif = incrédule = qui ne croit pas

Son attitude n'a pas changé depuis le début du cours.

— Moi, j'ai une question !

— Oui, Yagaré ?

— D'autres créatures vivent-elles chez vous en ce moment ?

— Oui, bien sûr ! Mon appartement est assez grand pour en héberger d'autres qui...

— Arrêtez tout, hurle Florian, je savais bien que quelque chose clochait dans vos explications Madame Samoht ! Rien de tout ça n'est réel… Et je pense que nous devrions vite sortir d'ici !

Pourquoi Florian souhaite-t-il que tout le monde sorte de la classe rapidement ?

Mais où est M. Pierrot ?

Voilà maintenant trois jours que M. Pierrot marche dans cet endroit : il s'agit du bois de Nïethrybal qui renferme des créatures. Toutefois, M. Pierrot l'ignore. Il n'a jamais eu la chance d'aller à l'école et n'a donc jamais entendu parler de cette histoire. Il avait décidé de rendre visite à son ami M. Ribeiro qui vivait de l'autre côté de ce lieu magique.

D'habitude un car venait le récupérer et le déposait devant la maison de son ami. Mais ce jour-là, le car n'était pas venu. M. Pierrot avait alors décidé de se rendre tout seul chez son ami en traversant le bois que tout le monde surnomme « le bosquet[47] enchanté ». À peine en avait-il franchi l'orée[48] que sa notion du temps avait été perturbée.

Il marche, il marche, il marche, sans jamais s'arrêter. Un lézard se tient devant lui. Le reptile a des ailes. De cette manière, il a la capacité de voler avec une grande agilité. M. Pierrot, en toute humilité, se prosterne devant cette fabuleuse créature qu'il n'avait jamais vue. Puis il décide de continuer son chemin car, après tout, son ami l'attend. Mais un autre animal curieux attire son regard : un poisson qui marche. M. Pierrot n'en revient pas, le poisson aux rayures arc-en-ciel se tient debout grâce à deux longues pattes. Cela

---

[47] Le bosquet = Le bois = La forêt
[48] L'orée = l'entrée de la forêt

lui permet de courir et de sauter. Peu après, M. Pierrot est surpris par une scène plus que romantique entre une souris et un éléphant, mais il préfère effacer ce souvenir de sa mémoire aussitôt[49] !

Au fur et à mesure de son avancée, M. Pierrot ne remarque pas que les nuits et les jours défilent, tant il est captivé par les bêtes qui croisent sa route. À un moment, une panthère zébrée croise son chemin. M. Pierrot ne bouge plus ; il est paralysé par la peur. Mais le fauve ne prête pas attention à l'intrus de la forêt ; son attention se porte sur autre chose. D'un seul bond, la panthère ne fait qu'une bouchée de l'insecte doré, aussi gros qu'un hippopotame, qui se trouve sur une fleur juste derrière M. Pierrot. Notre ami détale comme un lapin[50] et aperçoit enfin la clairière, il sait que son ami vit tout près. Comme toujours, il caresse son béret noir pour se rassurer. Ce béret est bien utile.

Depuis sa plus tendre enfance, il l'avait conservé sans jamais l'enlever, cela avait eu pour conséquence de dégarnir[51] son crâne. Pour défendre son fidèle couvre-chef, M. Pierrot accusait ses ancêtres : son père était chauve à 30 ans, le père de son père l'était aussi vers cet âge, tout comme le père du père de son père et ainsi de suite, cela ne pouvait donc pas être la faute de son chapeau.

M. Pierrot retrouve peu à peu ses sensations : il a faim, il a soif, il est épuisé. Il n'arrive plus à prendre

---

[49] Aussitôt = tout de suite = immédiatement
[50] Détaler comme un lapin = s'enfuir très vite en courant
[51] Dégarnir = faire tomber tous les cheveux sur sa tête

de décisions. C'est vrai qu'il n'arrivait déjà plus à se concentrer depuis un moment : trois jours et deux nuits sans manger, sans boire et sans dormir impacte le cerveau et le corps. Il était devenu maigre comme un clou.

En temps normal, notre vieil ami mangeait pour deux. Son hygiène de vie était plus que raisonnable pour une personne de son âge. M. Pierrot avait aussi ses habitudes : à 19 h 45, il s'endormait. Il se levait ensuite vers 6 h 00 et prenait son petit-déjeuner. Ensuite, il tricotait, puis passait un coup de fil[52] à Mme Nguyen avant de regarder la télévision. Il siestait à partir de 13 h 00 avant de se réveiller pour le goûter. Mme Nbolo, la boulangère, venait toujours lui apporter son petit pain fourré de chocolat. Elle partait vers 18 h 00 car elle restait pour boire le thé. Ensuite, il en profitait pour lire, faire un peu de ménage et dîner avant d'aller se coucher. Les sorties chez M. Ribeiro avaient lieu tous les mercredis pour le déjeuner. Lorsque M. Pierrot ne respecta pas ce rituel mis en place depuis plus de trente ans, tous les habitants furent très inquiets.

Mais finalement, les choses vont bientôt rentrer dans l'ordre car M. Pierrot sort enfin de la forêt. Devant lui se trouve M. Ribeiro. M. Pierrot tend son bras et l'agite : « Mon ami, j'ai très faim ! On mange quoi ? », dit-il tout heureux et tout innocent.

---

[52] Passer un coup de fil = appeler quelqu'un au téléphone

M. Pierrot illustré par Guillaume Lenoir.

Instagram : @guillaumeslenoir

Interrogatoire

Je n'avais pas envie de le regarder, mais Meg et Sam ont insisté. Les films romantiques ne me plaisent pas de base. Mais bon… c'était la soirée de Debby pour ses 18 ans, alors j'ai rien dit. On a lancé le film. Au bout de vingt minutes, le pc[53] a fait un bruit bizarre et s'est éteint. Puis l'électricité a sauté[54] et on était dans le noir. Sam a décidé de se rendre dans le garage pour réparer le tableau électrique. Je l'ai accompagnée. Cette ambiance me plaisait ! On basculait dans le film d'horreur ! En plus, la situation était parfaite car ça me donnait l'occasion de me retrouver en tête-à-tête avec elle. On a pris des lampes torches et on est descendus à la cave… la cave interdite de papa. Au départ, je ne voulais pas y aller mais Sam a attrapé ma main alors je l'ai suivie. Mon cœur battait à cent à l'heure[55] ! Puis on a fini par trouver le tableau électrique et on l'a réactivé. Toute la pièce était éclairée, il y avait des bouteilles de vin partout. J'ai compris pourquoi la cave était interdite… Puis, je me suis tourné pour parler à Sam, mais elle n'était plus là. Elle avait disparu… La cave était immense et je ne savais pas où aller pour la retrouver. J'ai commencé à marcher dans la cave quand Debby m'a envoyé un SMS : je devais appeler les urgences ! Mais mon portable s'est éteint, parce qu'il n'avait plus de

---

[53] Le pc = l'ordinateur
[54] L'électricité a sauté = elle a disjoncté = elle ne marchait plus
[55] Battre à cent à l'heure = le cœur bat très vite

batterie. J'ai couru dans toutes les directions et me suis retrouvé à mon point de départ ! Toute la pièce avait changé et Sam était par terre. Elle ne respirait plus. J'ai couru à l'étage pour prévenir ma sœur et Meg pour appeler les secours. Puis les murs ont commencé à bouger, j'ai commencé à avoir des hallucinations et puis après… c'est le trou noir...

— Merci, si quelque chose vous revient, n'hésitez pas à m'appeler. Essayez de vous reposer.

[Plus tard]

— Alors Docteur ?
— Eh bien, je dois dire que les résultats sont satisfaisants pour Meg, Debby et Sam. Elles ont fait un coma éthylique[56] mais elles vont mieux. Debby est presque rétablie mais son frère, le jeune Dylan, plane encore : en plus de l'alcool, de la drogue a été retrouvé dans son sang.
— Oui, nous l'avons interrogé tout à l'heure.
— Si les parents n'étaient pas rentrés de la nuit, ces quatre adolescents ne seraient plus parmi nous...
— Inspecteur ! Vite, venez ! C'est Sam !

[Dans la chambre de Sam]

---

[56] Un coma éthylique arrive lorsqu'une personne boit beaucoup trop d'alcool. Cela peut être mortel. Il faut donc boire avec modération. Pour rappel, la consommation d'alcool est interdite aux moins de 18 ans.

— En fait… On a retrouvé des amis. Peter trainait avec un mec bizarre et à la fin de la soirée, ils nous ont raccompagnés. Peter avait beaucoup bu et voulait dormir avec Debby, mais elle a dit non. Il ne s'est pas fâché et il nous a offert des bières qui trainaient dans sa voiture. Je pense qu'il a mis un truc dans nos bouteilles. C'était aussi petit que des bonbons, puis il est parti. En regardant le film, on a bu les bières puis après, c'est le trou noir…

— Merci Sam, auriez-vous l'adresse de Peter ? J'ai quelques questions à lui poser à propos de plusieurs histoires similaires.

Dylan illustré par Cletos Kitiaka.

Instagram : @Cletos_HK

Peter et son ami illustrés par Cletos Kitiaka.

Page Facebook : Cletos art's

Arrête de trop penser !

Kalyo illustré par Salima Toumi (LinkedIn).
Instagram : @salima_toumi

Kalyo est un jeune homme peu commun. Il a une particularité qui le rend unique : des yeux vairons. Ses yeux intriguent tous ceux qui ont la chance de croiser son chemin. Je parle de chance car en plus de susciter l'admiration de toutes les femmes, Kalyo émane d'une aura tellement forte que même le plus machiste des hommes tomberait sous son charme. Tous et toutes lui font la cour dès que le beau soleil illumine sa route. Cependant, le très beau jeune homme se moque d'eux. Son dévolu s'est jeté[57] sur la pauvre idiote que je suis.

---

[57] Jeter son dévolu sur quelqu'un = fixer son choix sur quelqu'un

Je ne comprends pas comment il peut me trouver à son goût sachant que même Sorianda – la plus belle fille de la ville – le dévore du regard quand elle passe devant lui. Moi, je suis laide, grosse et repoussante. Je le sais, tout le monde le dit.

Oh non ! Il m'a vu, il s'approche ! Que faire, je ne peux plus bouger. Allez ! Jambes inutiles ! Courez ! Vite !

— Hey ! Salut Médusa, comment vas-tu ?
— Je... Tu... Oui ?
— Ahaha ! Dis-moi, ça te dirait de prendre un verre avec moi ? Disons demain vers 16 h 00 ? Ça me ferait plaisir si tu acceptais !
— Oh là là ! Non, c'est que je dois... Laisse-moi réfléchir, oui ! Mais... Enfin non ! D'accord !
— Super, je suis content ! Je passe te chercher chez toi alors ! À demain !

Par tous les Dieux ! Quelle idiote je fais encore, cela devait être minable… Je veux mourir ! Si avec ça... il vient demain, c'est qu'au fond… je dois peut-être lui plaire ? Non, ne dis pas n'importe quoi... Il ne viendra pas c'est sûr.

[Le lendemain]

Qui peut bien frapper à la porte ?

— Hey Médusa ? Bonjour, c'est Kalyo !

Quoi ! Non ! Impossible ! C'est lui... Je ne suis même pas habillée... Bon tant pis, s'il m'aime… il m'aimera aussi en pyjama...

— Salut Médusa ! Euh... Es-tu prête ?
— Oui ! Allons-y !

[20 ans plus tard]

Et c'est comme ça que nous avons eu notre premier rendez-vous avec votre père. Vous voyez, si je n'avais pas pris mon courage à deux mains et si j'étais restée bloquée avec mes phrases négatives pendant tout ce temps, je ne serai jamais sortie de ma coquille[58]. Ne laissez jamais les autres guider votre conduite, vous dire des choses horribles, des commentaires déplacés. Les enfants… vous m'écoutez ?

— Elle est vraiment sortie en pyjama ?
— Ouais…
— Oh la honte !

---

[58] Sortir de sa coquille = s'ouvrir au monde

HISTOIRES

Un drame de plus

L'humain, toujours poussé par son orgueil de conquête des territoires, souhaite explorer les tréfonds de l'univers pour y laisser son empreinte. Mais va-t-il réussir à accomplir cet exploit ?

L'humain finit par trouver une galaxie qui s'apparente à celle que nous connaissons et où la vie est possible. Héliosa correspond à notre soleil, Nuxa à notre lune, Sisyphéa à Mars... Les recherches se poursuivent car un nouvel astre a récemment été découvert.

Sur Néréida, un globe presque entièrement composé d'eau, une île abrite une équipe de chercheurs. Tous sont venus découvrir les mystères et les secrets de l'écosystème aquatique de la planète.

Dans cet océan infini, les animaux parlent et il existe des baleines qui se distinguent par plusieurs nouvelles caractéristiques majeures chez l'espèce des cétacés. Leur mode respiratoire, leur évent[59], s'est totalement refermé et se situe désormais dans une cavité[60] interne qui crée de l'air. Ces baleines n'ont rien à voir avec celles qui vivent sur la Terre. En effet, elles sont féroces. Cette agressivité les rend uniques.

---

[59] L'évent est l'orifice situé sur la tête de d'un cétacé (une baleine, un dauphin, etc.) et lui permet d'expulser l'air expiré. C'est comme une narine.

[60] Une cavité = un creux = un trou à l'intérieur de quelque chose

Lors d'un combat, elles sont reconnaissables car leur sang afflue au niveau de leur gorge. Toutefois, elles deviennent vulnérables face aux prédateurs parce qu'on les repère à des kilomètres. Ainsi, pour éviter de devenir des proies faciles, elles vivent cachées dans une grotte. Un seul homme a réussi à y pénétrer et est parvenu à placer plusieurs caméras sur les parois. Nul ne l'a jamais revu. Grâce à cette vision sous-marine et à la nouvelle technologie, la communication animale est devenue compréhensible pour l'oreille humaine. Leur vie est retransmise en direct aux scientifiques de la surface comme dans une téléréalité.

Alors que l'équipe des scientifiques pense que les baleines ont toutes une gorge rouge, surprise générale, l'une d'elles apparaît avec la gorge bleue. Dans les profondeurs, c'est la panique ! La plus sage et vieille des baleines s'indigne :

— N'est-ce pas la petite qui sort tout le temps de la grotte ? Où sont ses parents ? Elle va nous apporter des malheurs !

La baleine bleue devient la cible de tous les regards inquiets. Elle commence à se tordre de douleur puis crache quelque chose. L'objet tombe lentement sur le sable comme une feuille qui tombe d'un arbre. Les baleines n'ont jamais vu ça. Les scientifiques sont également incapables d'identifier l'objet. Une baleine se met à hurler :

— Je crois que c'est une méduse, éloignez-vous !

Tout le monde s'enfuit car une piqûre de méduse pouvait être fatale pour les baleines ; la baleine bleue reste seule. Le lendemain, tout le monde l'évite comme la peste. Mais la petite baleine s'en moque. Elle préfère partir à la découverte du vaste océan qui se trouve au-delà de la grotte cachée.

La baleine bleue adore nager pour se promener et observer les richesses de la mer ; les somptueuses anémones arc-en-ciel, les crabes poilus aux rayures dorées, les habiles poissons-cigognes argentés, les gigantesques bulles rose fuchsia qui, lorsqu'elles éclatent, provoquent de sinueux siphons silencieux qui engloutissent les minuscules poissons-souris et tout un tas d'autres merveilles. Lors de ses sorties, la baleine sait que des créatures bien plus dangereuses nagent dans les eaux, mais elle reste prudente. De toute façon, elle ne risque rien. Sa nage, aussi discrète qu'un serpent, reste invisible des autres prédateurs. Son bleu particulier l'aide à la dissimuler. Mais le vrai danger se trouve ailleurs...

Sur le chemin du retour, les battements de son cœur accélèrent. Elle a une forte envie de cracher. Cette sensation était chaque jour de plus en plus fréquente. Elle s'approche de l'entrée du repère et franchit le grand mur fleuri ; les fleurs mauves ont la particularité d'éliminer toutes les odeurs. Une fois passée, la baleine bleue arrive au cœur de la grotte. Certaines baleines lui jettent des pierres pointues qui la blessent. C'est son quotidien. Elle sait qu'elle n'a pas le droit de sortir. Mais c'est sa seule issue face au harcèlement qu'elle subit. Cependant, elle reste fière, préférant rire de la situation.

Plus tard, son mal de ventre reprend. Elle est dans sa chambre. Elle finit par cracher. À la surface, on se pose mille et une questions :

— Une nouvelle sorte de méduse, s'interroge l'un des scientifiques, elle a l'air différente de la première ! Qu'en pensez-vous ?

— Je n'arrive pas à voir. Zut ! N'avons-nous pas de zoom sur cette machine ?

— Mais si ! Essayez avec ça. Mais non ! Quel crétin ! Avec ça, là ! Bon laissez tomber ! On perd du temps, il faut découvrir ce que c'est !

Alors que la dispute continue à la surface, la baleine bleue affaiblie se pose sur son lit de coraux. Elle ferme les yeux et s'endort. Tous les jours... la baleine bleue fugue, toutes les nuits... elle crache. Tous les jours... on la harcèle. Tous les jours... les scientifiques se disputent... Voilà la routine quotidienne qui se passait sur Néréida.

Un soir, sa mère, trop soucieuse de voir sa progéniture[61] souffrir, décide de demander conseil auprès des trois frères qui savent tout.

---

[61] Sa progéniture = son enfant

Les baleines de Néréida illustrées par Julia Zmuda.
Instagram : @zmudna

La mère baleine pénètre dans un endroit reculé à l'insu[62] des regards indiscrets. Son mari n'est pas loin. Dans l'antre[63] secret, les trois baleines sont là. Elles méditent. Quelques anémones lumineuses permettent de les distinguer. La mère avance et clame[64] :

— Oh ! Vous qui avez une grande connaissance des eaux, savez-vous de quel mal souffre ma fille ? Savez-vous par quel moyen je pourrais calmer ses maux ?

Pas de réponse. Les trois frères baleines, telles des carpes, restent muettes.

Je vous en prie, répondez-moi, insiste la mère.

Les trois sages l'ignorent encore. Le père, agacé et caché dans l'ombre, sort de sa cachette *en un éclair !* Il gronde :

— Nous n'avons pas de temps à perdre, parlez !

Le sang au niveau de sa gorge était devenu rouge écarlate. Sa femme est déboussolée :

— Que fais-tu ici ? Tu m'as suivie ?

Les trois frères ne parlent toujours pas. Le père donne un violent coup de queue sur le sol. Un tremblement

---

[62] À l'insu de = à l'abri de = en secret
[63] L'antre = le repère
[64] Clamer = dire en criant

se fait ressentir. Les trois frères sont déstabilisés et sortent de leur transe. Ils s'avancent vers le père et rétorquent[65] d'une seule et même voix :

> — Votre progéniture doit arrêter ses visites en dehors de la grotte. Si elle s'obstine... elle mourra ![66]

La mère, terrifiée, quitte les lieux et retourne auprès de sa fille. L'un des frères baleines regarde le père. C'est le plus jeune des trois : celui qui voit le mieux dans le futur. Il se rapproche doucement et chuchote :

> — C'est vous Monsieur qui causerez sa perte !

Alors qu'Héliosa brille dans le ciel le jour suivant, la baleine bleue en profite pour nager hors de sa maison. Une chose attire son attention à la surface. La tête hors de l'eau, elle repère son île préférée avec d'étranges créatures qui jettent des choses dans la mer. Dès que ces choses touchent l'eau, elles flottent pendant un moment puis se mettent à couler. La baleine s'amuse à les retrouver comme à son habitude. Mais il est très difficile de les distinguer lorsqu'elle s'en approche de trop près. Lorsqu'elle décide de rentrer chez elle, elle sait ce qui l'attend. Ses parents, à tour de rôle, lui rappellent qu'il est dangereux de n'en faire qu'à sa tête et de ne pas écouter – tout ceci était

---

[65] Rétorquer = répondre rapidement quelque chose à quelqu'un
[66] Il y a une référence aux visions annoncées par les oracles grecs (ou par la sibylle romaine) dans la mythologie et qui conduisait souvent à un malheur.

approuvé par les scientifiques qui ne pouvaient plus analyser leur spécimen favori lors de ses fugues incessantes[67]. Plus ses parents la sermonnaient et plus elle désobéissait.

Un soir, en revenant de l'une de ses expéditions : c'est la course à la survie ! Deux baleines à la gorge rouge la pourchassent. La baleine bleue doit faire vite car elles l'ont déjà touchée. Elle avait été mordue et avait besoin de soin. Alors qu'elle continue de fuir, une baleine rouge lui dit :

— Tu continues à ne pas respecter les règles, tu vas payer !

— Monstre ! Tu dois disparaitre !

— On va te tuer !

Alors que ces baleines sanguinaires s'apprêtent à la rattraper, la pauvre baleine, dans un dernier élan, réussit à semer ses assaillants[68]. Elle finit par trouver une cachette et se met à attendre. Le sang de sa blessure se dépose peu à peu sur sa gorge avec les va-et-vient du courant :

— Je suis comme les autres maintenant, j'ai la gorge rouge, moi aussi… Toute cette violence sert-elle à quelque chose ?

---

[67] Incessantes = qui ne s'arrêtent jamais
[68] Ses assaillants = ses attaquants

La triste baleine bleue s'évanouit. Cependant, ses parents, stressés de ne pas l'avoir vue rentrer à l'heure, étaient partis à sa recherche. L'odeur de son sang les conduit à l'endroit où elle avait trouvé refuge ; elle était sauvée. Une fois à la maison, la punition tombe :

— Il fallait que ça tombe sur nous ! Tu nous fais honte ! Tu resteras ici pour toujours, hurle le père. Heureusement que ta mère sait guérir les blessures ! Avoir une fille comme toi c'est…

La baleine à la gorge bleue crie :

— Stop ! Si toi et maman ne me supportez plus, je vais partir loin, très loin, dans un endroit où on m'acceptera ! Je suis fière d'être différente et quelque chose changera dans ce monde grâce à moi ! Vous verrez !

La gorge de son père devient de plus en plus rouge, il explose de rage :

— Pars alors et ne reviens plus ou c'est moi qui vais te tuer !

Le père ne souhaitait pas du tout tuer sa fille adorée qu'il aimait par-dessus tout, mais lorsqu'il était animé par la colère, il était impossible de lui faire entendre raison : il devenait complètement fou. Et les mots, même si ce ne sont que des mots, peuvent être aussi blessants que des coups.

Pour la baleine bleue, la limite avait été dépassée. Elle contemplait le visage de ses parents une dernière fois et s'enfuit. Les scientifiques, paniqués, ne savent plus où donner de la tête[69]. Leur sujet d'observation disparait dans les abysses. Ils doivent réagir et vite !

Un protocole rituel se met rapidement en place le jour suivant : quand les premiers rayons d'Héliosa pointent, deux robots-plongeurs partent à la recherche de la baleine.

Pendant plus de vingt ans, les recherches sont sans succès. Jusqu'au jour où, un matin, les sourires autrefois perdus, regagnent les visages marqués par cette attente. La baleine bleue est retrouvée : elle vient de s'échouer sur la plage de l'île des scientifiques. L'un d'eux s'approche :

— Oh mais ! Tu es notre petite fugueuse ! Dans quel état es-tu ? Qu'en pensez-vous ? Est-elle morte de vieillesse ?

— Probable… ou bien tuée par d'autres baleines ou bien par des prédateurs.

Un autre scientifique regarde plus attentivement le corps de la baleine et remarque un trou au niveau de son ventre. Il enfile un gant et introduit sa main à l'intérieur de l'animal. Il en retire quelque chose :

---

[69] Ne plus savoir où donner de la tête = être débordé = avoir trop de travail d'un coup

— Qu'avez-vous bien pu trouver, demande un scientifique ?

— C'est... Oh non !

Après une analyse détaillée de la dépouille de la baleine bleue, les causes de sa mort étaient horribles : elle s'était étouffée à cause d'emballages en plastique. Toutes les fois où la baleine allait se promener en dehors de la grotte, elle avalait sans faire exprès, les sacs en plastique jetés à la mer par les scientifiques.

— Mon dieu ! Qui sait combien d'autres espèces ont été touchées, pleure un autre savant.

— C'est affreux, regardez !

D'autres cadavres d'animaux morts s'échouent peu à peu sur la plage.

Finalement, oui, l'humain a réussi à accomplir un nouvel exploit : il a réussi à laisser son empreinte sur une nouvelle planète.

Le vieux monsieur et la sirène

- Maman ? Raconte-moi une autre histoire s'il te plait !

- Bien sûr ! Il était une fois un vieux monsieur qui passait ses journées à contempler la mer. Tout le monde le connaissait dans son village. Il avait pour habitude de s'installer sur une plage parsemée de pierres et de scruter l'horizon pendant des heures. Ce lieu était habituellement évité par les habitants qui préféraient se prélasser sur le sable chaud. Il faut dire qu'à cet endroit les vagues étaient particulièrement agitées et personne n'osait s'en approcher. Pourtant, c'était là que le vieux monsieur campait toute la journée, du matin jusqu'au soir, du lever jusqu'au coucher du soleil. Ce rituel avait été mis en place à la suite d'un terrible accident dont il fut victime.

Un jour, alors qu'il effectuait sa marche quotidienne le long de la plage, le vieux monsieur entendit un magnifique et mystérieux bruit qui provenait de la mer. Cet événement anormal piqua sa curiosité et il s'approcha de l'eau. Après avoir regardé à la surface, il constata la présence d'une tache au loin. À chaque nictation[70], la tache avançait dans sa direction et devenait de plus en plus grande. Au bout d'un temps, l'inquiétante forme surgit de l'écume et surprit le vieux monsieur qui tomba à la renverse. Blessé, le vieux monsieur ouvrit péniblement les yeux. Il avait mal, sa tête saignait. Il regarda droit devant lui et resta sans

---

[70] La nictation = le battement des paupières

voix. Dans l'eau se trouvait la plus belle mais aussi la plus dangereuse des créatures : une sirène. Cependant, le vieux monsieur prit peur, car les sirènes étaient connues pour être de redoutables monstres capables du pire : faire sombrer les plus solides bateaux ou dévorer sans pitié les plus braves des marins étaient, entre autres, leurs passe-temps favoris. Le vieux monsieur tenta alors de crier à l'aide mais sans succès. Aucun son ne sortait de sa bouche. Il était condamné, il regretta alors d'avoir été aussi curieux et commença à prier de toutes ses forces. Alors qu'il était sur le point de défaillir, une incroyable mélodie parvint à ses oreilles : la sirène chantait. « Qu'est-ce que c'est beau... », dit-il avant de perdre connaissance.

Quelques heures plus tard, le vieux monsieur se réveilla à l'hôpital. Un groupe de pêcheurs l'avait conduit aux urgences ; le vieux monsieur était sauvé. Il dut attendre quelques jours avant de pouvoir rentrer chez lui. Les jours passèrent. Le vieux monsieur était désormais parfaitement rétabli. Il avait enfin le droit de reprendre ses promenades sur la plage. Toutefois, son habituel sourire avait disparu car une énorme cicatrice marquait à présent son crâne. Lorsqu'il était tombé, sa tête avait heurté une bouteille de verre à moitié brisée – objet empoisonné et rejeté par la mer. Il monta au grenier et fouilla dans les vieux cartons poussiéreux qui y trainaient. Après plusieurs minutes de recherches intenses, il trouva une vieille perruque, la saisit, se dirigea vers le miroir de sa salle de bain, la posa sur sa tête et sourit. Il était prêt. La plage se trouvait à quelques pas de sa maison, il n'avait pas beaucoup à faire pour s'y rendre. Il attrapa une chaise pliante, empoigna son sac dans lequel était rangé son appareil photo et sortit de chez lui. Une fois arrivé sur les lieux de l'accident, il s'installa et ne bougea plus. Cette étrange habitude avait interpellé les habitants qui tour à tour vinrent le questionner. Toutefois, le vieux monsieur se réfugia dans un silence absolu, il savait que cela ne servait à rien de leur expliquer ce qui lui était arrivé : on le prendrait pour un fou. Depuis ce jour, le vieux monsieur continuait de venir sur cette plage dans l'espoir d'immortaliser à jamais celle qui hantait ses souvenirs confus.

- Mais Maman... Je connais cette histoire. Tu en rajoutes toujours un peu... Pourquoi ne pas l'avoir dévoré ? Dis-le-moi, je suis grand maintenant !

- Oui, tu es grand ! Lorsque cet humain s'est approché de l'eau, je n'ai pas respecté la règle n°4 des sirènes :

Toute sirène qui attaque un humain hors de l'eau perd son droit de chasse sur sa proie. L'homme devient ainsi son protégé. Si la sirène ne respecte pas cet engagement, elle sera poursuivie et de lourdes conséquences pourront s'appliquer sur elle et sa famille.

Tu n'étais encore qu'un minuscule triton à l'époque et je ne pouvais pas te mettre en danger. Tu comprends ? Ce vieux monsieur n'était pas entré dans l'eau avant de tomber, auquel cas... je n'en aurais fait qu'une bouchée. Mais pensant qu'il l'était, j'ai voulu me jeter sur lui mais il est tombé et s'est blessé. J'ai alors dû le soigner par mon chant pour ne pas enfreindre la loi. Sa disparition aurait inquiété les autres membres de son espèce et ils auraient mené une enquête. Nous aurions dû fuir notre maison car le Roi des mers sait tout et j'aurais été punie.

- Tu as été brave maman ! J'espère juste qu'un jour je pourrais goûter un humain !

- Oh ! Tu sais, tu ne rates pas grand-chose. Ils sont tellement ingrats, prétentieux et fourbes que cela se ressent lorsqu'on les mange. Allez ! Il est l'heure de dormir mon poisson-chat !

- Bonne nuit maman !

- Bonne nuit !

La sirène et son fils illustrés par Lu Pozzo.
Instagram : @lu.pozzo

https://www.artstation.com/lupozzo

Révélation

La psychologue illustrée par Bshara Hourany.

Instagram : @bshara1901

Chez moi ? On est 12... Ma mère nous élève seule depuis que mon père est parti... Notre maison n'est pas bien grande et on se marche souvent dessus.

Il y a Paolo et Yvan qui sont les deux derniers, Mathilde, Charlotte, Alexandre viennent ensuite, puis c'est le tour de Simon, Corentin, Juliette, Sofia et enfin Frédéric qui me suit. Je suis l'ainée.

Les jumeaux, Paolo et Yvan, sont tous les deux blonds aux yeux bleus. Lorsqu'ils s'habillent de la même façon, il est impossible de les reconnaitre. Mon astuce est de les coiffer différemment afin d'éviter de me tromper.

Mathilde est rousse et porte des lunettes rouges tout le temps. Cela lui donne un air sévère alors qu'elle est toute mignonne. Elle ne ferait pas de mal à une mouche. J'adore ses petites taches de rousseur !

Charlotte est la plus téméraire de la famille. Lorsque quelque chose ne lui plait pas, elle reste sur ses positions. Elle porte tout le temps une casquette. Elle m'impressionne pour son âge.

Alexandre est calme et posé. Il a un style très élégant et est toujours courtois. C'est lui le plus poli de la famille. Il s'excuse parfois un peu trop ce qui agace Simon.

Simon, lui, c'est le casse-cou. Il fait des bêtises dès qu'il en a l'occasion. Il ne tient jamais en place. Quand il rentre du collège, il a soit des bleus sur le visage, soit des bobos sur le corps, soit une punition dans son carnet. Au moins, il ne se laisse jamais faire et défend les plus faibles lorsqu'ils se font harceler.

Corentin, c'est le cerveau de la famille. Il a d'excellents résultats dans toutes les matières. Tous ses professeurs sont fiers de lui. Il aimerait être physicien plus tard. Son modèle est Marie Curie qu'il admire depuis qu'il a lu un livre illustrant sa vie.

Juliette adore manger et elle a de la chance car elle ne prend pas un gramme. Elle peut manger deux pizzas et ne pas grossir. Elle fait beaucoup de sport donc ça l'aide à maintenir sa taille de guêpe. Si je me souviens bien, elle a commencé à en faire à 10 ans. On ne la voit plus trop car elle a commencé à faire sport-étude[71] l'année dernière.

Sofia est ma petite sœur d'origine grecque. Elle a été adoptée par mes parents, il y a quelques années. Ses parents biologiques l'ont abandonnée quand sa particularité est apparue après un accident. Elle est petite et assez potelée mais cela ne lui enlève rien à son charme naturel car elle a de magnifiques yeux noisette qui la rendent très jolie. Pour communiquer avec nous elle utilise tous les moyens : elle tape des mains, elle donne des coups de pied sur le sol, elle écrit de petits mots ou utilise le langage des signes. Nous l'avons tous appris pour pouvoir échanger avec elle. Je suis persuadée qu'elle a un petit-copain mais impossible d'en savoir plus. Quand je lui pose des questions, elle m'ignore et fait semblant de ne pas me comprendre.

En ce qui concerne Frédéric… Je ne le comprends pas. Il vit un peu dans son monde. Il ne faut pas trop le taquiner car il est très susceptible.

---

[71] C'est une section sportive scolaire. Il y a des études classiques et du sport de haut niveau.

Sandra et la psychologue illustrées par Bshara Hourany.

Enfin, il y a ma mère. C'est la plus courageuse !
Elle s'occupe de nous du mieux qu'elle peut. Comme
je suis la plus grande, c'est moi qui prends le relai
lorsqu'elle part au travail. Elle est obligée de travailler
beaucoup pour nous nourrir. Même malade, elle y va.
Comme je l'ai dit avant, elle nous a tous élevés après
la mort de papa.

— Ah ! J'avais cru comprendre que votre père vous avait abandonnés ?

— Si on joue sur les mots oui, c'est ce qu'il a fait.

— Oui, pardonnez-moi, je voulais dire... qu'il était parti avec une autre femme.

— Non, il s'est donné la mort.

— Je comprends. Vous savez mon père est mort d'une crise cardiaque lorsque j'avais 14 ans. J'ai mis beaucoup de temps avant de m'en remettre, mais j'ai bien été entourée. Mes proches ont su me réconforter et m'aider à faire mon deuil. Est-ce que vous avez des gens à qui vous confier ?

— Pas vraiment... Pour être honnête, je ne sors plus. J'ai perdu cette envie de rencontrer des gens et la présence de la foule m'angoisse depuis que mon père est parti.

— Êtes-vous stressée de nature ?

— Oui, je l'ai toujours été.

— Ne vous inquiétez pas, c'est un trait de caractère. Il y a des personnes stressées, des personnes calmes, des personnes optimistes d'autres non, etc. Il faut de tout pour faire un monde. Si vous me le permettez, j'aimerais revenir sur la liste que vous avez dressé des membres de votre famille. Si je ne me trompe pas, vous avez oublié quelqu'un ?

— Non, je ne crois pas. Attendez… Maman, les jumeaux, Maty, Lolotte, Alex, Sim, Coco… euh… Juju, So et Fred. Euh… Le chien ?

— Oh ! Vous avez un chien ? Est-ce que vous jouez de temps en temps avec lui ?

— Pas vraiment, c'est le chien de Fred et il est comme son maître.

— Ok, mais vous avez toujours oublié quelqu'un.

— Je ne vois pas…

— Vous ! Sandra ! Vous !

— Moi ? Mais… Il n'y a rien à dire sur moi ?

— Vous êtes donc venue aujourd'hui pour me parler de votre famille ?

— Oui, enfin, non… Laissez tomber...

— Je n'insiste pas ! Comment réagissent vos…

— Ma famille représente tout pour moi ! Mais elle m'empêche de vivre ! Voilà !

Sandra et ses frères et sœurs illustrés par Bshara Hourany.

— Pourquoi votre famille vous étouffe-t-elle ?

— Parce que je ne peux pas vivre ma vie… J'ai tout juste 18 ans et je vis toujours chez ma mère. Je n'ai jamais l'occasion de prendre soin de moi car je dois toujours m'occuper de mes frères et sœurs. Je suis encore célibataire alors que toutes mes amies sont en couple. Quand je veux sortir, je dois annuler au dernier moment car il faut s'occuper des jumeaux, aller faire les courses puis préparer le diner car ma mère doit faire des heures supplémentaires, aider les autres petits à faire leurs devoirs, rappeler à Simon et Alex qu'ils ne doivent pas trop jouer aux jeux vidéos, encourager Corentin lorsqu'il se dénigre, faire comprendre et accepter à Juliette que 60 kg est un poids tout à fait convenable pour une jeune femme de sa taille, m'occuper de Sofia quand elle se retrouve seule et tenter d'être la plus agréable possible avec Fred afin qu'il n'aille pas bouder. Vous ne dites rien hein ? Je le sais de toute manière que je suis une sœur horrible ou bien ?

— Ne dites pas de bêtises ! Je pense simplement qu'il serait temps pour vous de prendre votre envol afin de vivre votre propre vie.

— Mais c'est impossible…

— Et pourquoi ça ? Vous n'êtes pas obligée de tout supporter vous savez ? Parfois, il faut savoir déléguer. Avez-vous essayé de discuter de cet étouffement à vos autres frères et sœurs… aux plus grands ? Ou bien à votre mère ? Elle n'a peut-être pas conscience de ce que vous traversez et une discussion serait la meilleure façon de briser la glace ? Vous n'êtes pas d'accord ?

— Je ne sais pas, j'ai du mal à aller vers elle. Et quand je tente de le faire, j'ai l'impression qu'elle fait tout pour m'éviter.

— Vous savez… C'est souvent comme ça… On a des idées en tête mais on ne sait pas vraiment ce à quoi l'autre pense. Peut-être que votre mère est préoccupée par quelque chose ?

— Par quoi ?

— Ah ça, je ne sais pas ! Peut-être qu'elle est simplement dans ses pensées et qu'elle ne fait pas attention. C'est aussi possible ! Le mieux à faire dans cette situation est de discuter.

— Ça joue[72] ! Je ne vous promets rien, mais je vais essayer.

— Bien ! Je le note. Et dites-moi ? Vous m'avez dit que vous avez envie de sortir parfois ? Avec qui sortez-vous quand vous le pouvez ?

---

[72] Expression suisse pour dire que tout est ok ici. Sandra est d'accord avec sa psychologue.

— La vérité, c'est que je n'ai pas d'amis. J'ai arrêté l'école à 16 ans car cela ne me plaisait pas. Puis, je ne suis plus sortie de chez moi. Quand je vois des manifestations à la télé, j'en ai les larmes aux yeux. Je ne vis qu'à travers les réseaux sociaux sur mon natel[73].

— Ah et cela vous arrive-t-il d'échanger avec des gens de manière virtuelle ?

— Non... enfin si... Mais ce n'est que futile.

— Comment ça ?

— Je n'ai pas de « vrais » amis. Je joue en ligne sur des sites et je parle avec des inconnus mais il n'y a jamais de rencontre dans la vraie vie. Pareil avec les garçons... Je n'ai jamais eu de petit-copain. Et je n'ai...

— Vous n'avez jamais fait l'amour ?

— Non...

— Et alors ? Il n'y a pas de mal à ne pas avoir fait l'amour à votre âge. L'occasion ne s'est pas encore présentée, cela viendra. C'est comme le fait de vous faire des amis. C'est en sortant qu'on peut rencontrer de nouvelles personnes et tisser des liens. Vous aviez des amis quand vous étiez petite ?

---

[73] Les Suisses appellent le téléphone portable le natel.

— Oui, mais pas beaucoup.

— Eh bien vous voyez ! Le plus important n'est pas d'avoir un nombre incalculable d'amis mais d'en avoir sur qui on peut compter. Oui ! Même un ou une amie peut être suffisant ! Pourquoi n'essayez-vous pas de recontacter vos anciens amis ?

— Elles m'ont surement oubliée depuis le temps.

— Qui ne tente rien n'a rien ! Et puis qu'est-ce que vous en savez ? Cela va vous permettre de remettre les pieds, petit à petit, dans la vie sociale et en dehors de votre foyer. Je le note. Vous avez oublié de vivre votre vie Sandra, pour aller mieux vous avez besoin de vous épanouir sans trop penser à votre famille. Le but de nos prochaines séances va donc être de travailler sur ça. Ma méthodologie se base sur une approche cognitivo-comportementale. Je ne m'arrête pas au simple fait de vous poser des questions comme vous avez pu le voir. Nous allons faire différents types d'exercices qui, sur le long terme, vous permettront d'aller mieux. Nous reparlerons sûrement de votre famille, de vos amis, de votre vie virtuelle, mais aussi de vous. Êtes-vous d'accord avec ça ?

— Oui.

— Vous pouvez déjà être fière d'être venue me consulter. Cela montre que vous en ressentiez le besoin. Les gens restent souvent seuls en cas de difficultés et ils ne savent pas vers qui se tourner. Or, il y a énormément de spécialistes bienveillants qui savent écouter et prendre soin de leurs patients. Quand les gens s'isolent trop. Nous assistons à de terribles drames. Bien ! Notre travail a commencé aujourd'hui et se terminera lorsque vous le déciderez.

— Merci Doctoresse.

— Ne me remerciez pas. Mais, voilà que nous arrivons à la fin de notre séance. Le paiement des séances se fera à la fin du mois, ne vous inquiétez pas. Je vous attends donc à la même heure la semaine prochaine. Prenez soin de vous et bon weekend !

— Bon weekend à vous aussi ! Au revoir !

Sa journée terminée, la psychologue rentre dans son appartement bernois. Le nom de famille de Sandra lui rappelait quelque chose, mais elle n'arrivait pas à s'en souvenir. Une fois chez elle, elle se rend dans son bureau où sont classés les dossiers de ses patients. En rangeant celui de Sandra, ses yeux se remplissent de larmes :

— Sandra est la fille de Marc Schmid, le patient que je n'ai pas réussi à sauver…

Fierté mal placée

C'est maintenant, son choix est décisif : tuer l'homme qu'il recherche depuis plus de 20 ans pour accomplir sa vengeance ou bien tirer sur cette fleur qui renferme le virus capable d'empoisonner l'humanité. Mathias n'hésite pas et tire.

La ville de Mathias prise en photo par Tomica.
Instagram : @photomatomica

Mathias a toujours été calme, robuste mais sensible.

Ce n'était pas un garçon ordinaire. À 4 ans, il savait lire des romans et rédiger des essais. À 10 ans, il pouvait résoudre des équations de mathématiques. C'était un génie ! À 14 ans, il faisait du karaté et de la musculation. On le comparait à un super-héros car sa carrure était impressionnante pour son âge. Le seul point faible qu'on avait pu identifier chez lui était son arrogance. Pour Mathias, personne n'était capable de surpasser ses capacités intellectuelles et physiques. Il était très prétentieux à un niveau qui dépassait tout entendement. Mais le jeune homme avait su prendre les bonnes décisions lorsqu'il le fallait. Il ne fuyait jamais devant un obstacle ou un doute.

Un jour, à ses 16 ans, il n'hésita pas à risquer sa vie pour sauver un chiot qui était en train de se noyer. Le petit chien avait été jeté par ses maîtres qui ne voulaient plus de lui. Une autre fois encore, à 19 ans, il sauta dans le vide pour rattraper une jeune fille qui voulait mettre fin à ses jours. Après avoir accompli cette prouesse, tous les journalistes parlèrent de lui comme d'un héros des temps modernes. Ils avaient tous les deux atterri dans une grande poubelle remplie de vieux matelas encore confortables. Mathias se sentait invincible et intouchable.

Le jeune homme était bien connu dans la ville parce qu'il était l'un des deux seuls héritiers du milliardaire De Gaimbert. Sa sœur, la seconde héritière, était au contraire impulsive, fine et têtue. Elle adorait manger et ne s'arrêtait qu'après être entièrement rassasiée. Mathias ne s'inquiétait jamais pour elle. Il savait que personne n'oserait s'en approcher sous peine de subir sa colère.

Mais un jour, alors que le dîner venait d'être servi et que la famille des De Gaimbert allait se mettre à table, Mathias fut pris d'un mal de tête insupportable. Il souffrait terriblement. Ce soir-là, il ne dina pas et alla se coucher. Le lendemain, lorsque Mathias descendit dans le salon, il découvrit que sa sœur et son père ne bougeaient plus. Leur tête baignait dans leur soupe froide de la veille. Mathias courut près des corps et posa ses deux doigts sur le cou de sa sœur puis sur celui de son père. Il n'y avait plus de pouls. Les deux personnes les plus chères à son monde étaient parties. En tournant la tête, Mathias vit que son assiette trainait sur la table. Il s'en approcha et respira l'odeur de la soupe. En un instant, ses narines se mirent à saigner. Ses connaissances en chimie lui permirent de comprendre que du poison avait été versé dans la soupe et que lui aussi aurait dû y passer.

Pour la toute première fois, Mathias était paniqué. Devait-il prévenir la police ? Pour la toute première fois, Mathias tremblait. Pour la toute première fois, Mathias ne savait pas comment réagir. Était-ce un cauchemar ?

Pas une seule larme ne remplissait ses yeux. Mathias se dirigea devant une fenêtre et la frappa d'un coup sec. La vitre éclata en mille morceaux. Il retrouva son calme et ne trembla plus : quelque chose venait de changer. Mathias se tourna et commença par regarder autour de lui. Sur le sol, il remarqua des traces de pas.

Il s'en approcha et constata que les traces étaient imprégnées de terre et de pétales roses. Cela provenait du jardin, il n'y avait aucun doute. Il décida de s'y rendre pour y trouver des indices.

Alors qu'il suivait les traces, il vit que des policiers étaient déjà là. Quelqu'un avait dû les prévenir... mais qui ? Il devait faire vite pour ne pas se faire attraper et fonça dans la maison des jardiniers. Quand il y entra, seulement trois jardiniers dormaient sur les quatre. Le quatrième n'était pas présent. Mathias essaya de les réveiller, mais sans succès. Ils ne réagissaient pas. À côté de leur lit se trouvaient des petites tables avec des verres d'eau. Mathias sentit immédiatement que des somnifères avaient été versés dans l'eau. Les trois jardiniers allaient encore dormir pendant longtemps.

Le jardinier qui manquait à l'appel était le chef. Ce dernier était le seul à avoir un double des clés de la villa. Il ne fallut pas bien longtemps à Mathias pour comprendre toute la vérité : en tuant les deux héritiers et le riche De Gaimpert, l'argent reviendrait à son frère : l'oncle de Mathias et le chef des jardiniers.

Mathias continua son enquête, car il devait trouver plus d'indices. Il fouilla dans les affaires de son oncle et trouva un bout de papier qui mentionnait le laboratoire Biozerna. Mathias connaissait bien cet endroit car il s'y rendait souvent pour récupérer divers produits pour son oncle. Il sortit de la cabane dans l'objectif de se rendre au laboratoire mais dans la précipitation, il oublia la présence de la police qui l'interpella. Mathias se mit alors à courir pour leur échapper. Mais il fut rattrapé en quelques minutes : le poison qu'il avait inhalé plus tôt en respirant la soupe l'avait affaibli et il fut arrêté.

Les mois passèrent, Mathias était toujours en prison. Il avait été jugé pour le meurtre de son père, de sa sœur et pour avoir drogué les trois autres jardiniers. Toutes les preuves retrouvées à côté des corps menaient directement à lui. Sa fuite n'avait pas non plus été en sa faveur car cela le nommait comme principal et unique suspect. Aucune autre piste n'avait été découverte et l'affaire fut classée. Son oncle s'était volatilisé. Mathias avait été condamné à la réclusion criminelle à perpétuité. Mais le jeune homme n'était pas fou, il préparait quelque chose.

Des années plus tard, Mathias était libre. Pendant plus de 20 ans, il avait élaboré un plan pour s'échapper. Plusieurs de ses tentatives avaient échoué mais l'une d'elles lui avait permis d'être libre. Mathias était depuis ce temps en cavale. Son objectif était simple : il devait tout faire pour retrouver l'assassin de sa famille et qui, en plus, avait hérité de toute la fortune qui lui revenait.

Mathias, qui avait 40 ans désormais, retourna dans son ancienne demeure. Elle avait beaucoup changé... Elle n'était plus nettoyée depuis longtemps. Alors qu'il l'observait, Mathias entendit un étrange bruit au loin et quelqu'un s'avança vers la maison délabrée. Il s'agissait de la notaire Mme Debonnefoy qui venait sans doute saisir le bien laissé à l'abandon. Alors que la notaire attendait devant la porte, une créature se jeta

sur elle. Mathias ne bougea pas et se contenta
d'observer. La femme suppliait pour qu'on lui vienne
en aide car la chose qui l'attaquait était sur le point de
la dévorer.

Mathias photographié par Corentin Kilque.

Instagram : @cocolostandlonely

Mathias aurait pu la sauver, car pendant son séjour en
prison, il était devenu extrêmement puissant et fort.

C'est comme ça d'ailleurs qu'il avait pu s'évader de sa cellule : en écartant les barreaux avec sa force pendant que tout le monde dormait. Mais Mathias ne fit rien ; il continuait de regarder cette scène horrible. Toute son attention se portait sur la créature. Puis, il comprit que la chose qui attaquait Mme Debonnefoy était l'un des anciens jardiniers qui avait été infecté par un virus végétal. Il reconnut le blason de sa famille sur le tablier déchiré du monstre. La tête de l'homme s'était transformée en une sorte de grande fleur rose avec des dents tranchantes. Mathias avait déjà vu ça quand il était encore enfant. En effet, son oncle effectuait des expériences génétiques entre des rats et des fleurs lorsqu'il était petit. Il avait donc conclu que la seule personne capable d'engendrer une telle abomination ne pouvait être que ce dernier. Mathias savait quoi faire à présent : il devait se rendre dans le laboratoire Biozerna. Il serait sûr d'y trouver son oncle.

Alors que le corps de Mme Debonnefoy ne bougeait plus et avant de quitter les lieux, Mathias s'infiltra dans son ancienne maison. Il se dirigea dans le bureau de son père et récupéra le revolver dissimulé derrière le tableau de famille. Il n'y avait que deux balles dans le chargeur. Mathias, déterminé, se mit en route.

Une fois arrivé devant le laboratoire, Mathias devait être discret parce que deux autres monstres se tenaient immobiles devant l'entrée – c'étaient les deux autres jardiniers. Mais, ils semblaient endormis. Mathias ne devait pas faire de bruit sous peine de les réveiller. Il se faufila et entra dans le laboratoire. Il se présenta à l'accueil se faisant passer pour un agent de contrôle des produits chimiques, comme ceux qui passaient régulièrement lorsqu'il était plus jeune. La secrétaire savait que la visite n'avait lieu qu'une fois par an et, manque de chance pour Mathias, le contrôle s'était déroulé la semaine dernière. Au même instant, son avis de recherche passa à la radio. La secrétaire le reconnut et voulut appuyer sur le bouton d'alarme pour avertir la sécurité. Mathias n'hésita pas et tira. La secrétaire ne bougeait plus. Peu importe, Mathias savait où aller. Il courut dans l'immense laboratoire et arriva devant la salle des expériences. Quand il y entra, il ne fut pas surpris de voir d'autres monstres végétaux dans des cylindres de verre. Il avança avec prudence, le revolver en main. Puis, tout à coup, il entendit une voix : c'était celle de son oncle. Ce dernier ricanait. Mathias s'avança et un dialogue se lança entre les deux hommes :

— Vieux fou !

— Ah ! Mon cher neveu…

— Comment as-tu pu les tuer !

— Je sais, je sais… C'est de l'histoire ancienne… Regarde, le temps ne m'a pas épargné ! Mais comme tu as pu le constater, je n'ai pas chômé. Grace à l'argent de ton père, j'ai pu me payer le matériel dont j'avais besoin pour finaliser mes œuvres. Ne sont-elles pas sublimes ?

— Non ! Je ne suis là que pour une seule chose, te tuer !

— Évidemment ! J'avais prévu ta venue. Tu n'es pas le seul à être extraordinaire ! Vois-tu, j'ai mis au point un dispositif qui va te forcer à faire un choix. Notre si belle flore est depuis trop longtemps maltraitée et il est temps que cela change ! Savais-tu que les plantes voient et ressentent la douleur ? Ton père n'avait aucun respect pour elles. Il devait payer. Ta sœur était une ingrate qui passait son temps à les détruire ou à les arracher quand elle le pouvait. Ils n'ont eu que ce qu'il méritait ! Quant à toi, tu as simplement eu de la chance. Je savais que tu allais me poser des problèmes alors je devais aussi t'éliminer. Mais tu as échappé à ma soupe empoisonnée. J'ai alors dû réagir rapidement et tu es tombé dans mon piège. Enfin bref ! Regarde sublime cette fleur ! Regarde-la ! Elle répand sous l'effet du stress des spores qui transforment n'importe quel humain en monstre. Fantastique ? Si tu lui tires dessus, elle mourra et ne pourra plus jamais produire de spores contagieuses. Mais si tu fais ça, tu ne pourras plus me tuer car si je ne me trompe pas, tu n'as plus qu'une seule balle dans ton chargeur ? J'aurai le temps de m'enfuir et de poursuivre mon travail ailleurs. J'avais tout prévu, comme le jour de ton arrestation. Tu étais si prévisible que tu as laissé tout un tas d'empreintes partout. Quelle chance pour moi ! J'ai réussi à dissimuler toutes les preuves et après avoir obtenu tout ton argent, j'ai soudoyé le juge pour que tu ailles en prison. Les gens feraient n'importe quoi pour quelques billets. C'est pathétique ! Mais… Comme je te l'ai dit, tu possèdes un autre choix : celui de me tuer. Toutefois, c'est l'humanité tout entière que tu condamneras car la fleur, attristée de me voir mourir, moi, son père, répandra ses spores dans le monde. Tu condamneras la Terre entière. Hahahaha ! Alors que décides-tu, cher neveu stupide ?!

C'est maintenant, son choix est décisif : tuer l'homme qu'il recherche depuis plus de 20 ans pour accomplir sa vengeance ou bien tirer sur cette fleur qui renferme le virus capable d'empoisonner l'humanité. Mathias n'hésite pas et tire. Son oncle s'écroule sur le sol.

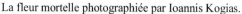

La fleur mortelle photographiée par Ioannis Kogias.

Voyager pour apprendre

Max : Bonjour à toutes et à tous et bienvenue sur Radiomundus, la chaîne de podcasts qui voyage dans le monde. Aujourd'hui, nous parlerons d'expatriation avec Zoé, Farid, Mélissa, Éric, Moustapha et Lilou. Bonjour à tous les six et merci de vous être déplacés jusqu'ici pour témoigner ! Nos invités vont, chacun leur tour, se présenter, nous raconter leurs aventures et nous expliquer en quoi le fait de vivre à l'étranger a-t-il changé leur vie. Commençons sans plus tarder avec Zoé.

Zoé : Bonjour, merci de m'avoir invitée. Je suis Zoé. Je viens d'Antananarivo, mais on peut également dire Tananarive. C'est la capitale de Madagascar. C'est l'histoire coloniale qui lui donne ce second nom, c'est pour ça que je précise. J'ai 22 ans et suis étudiante à l'université de Bruxelles depuis cinq ans maintenant. J'étudie les relations internationales et suis polyglotte. Je parle malgache, français, flamand, russe et anglais. En ce moment, j'apprends le mandarin, l'arabe et le russe. Depuis l'adolescence, j'aime communiquer et me faire comprendre avec les gens que je rencontre. J'ai même créé une page *Facebook* en cette occasion.

Max : Vraiment ? C'est super ! Comment s'appelle cette page ? Nos auditeurs pourront te suivre !

Zoé : Elle s'appelle *Rencontre forever*, alors je sais…

Ça sonne un peu comme une application de rencontre, mais non. Le concept est d'aller à la rencontre des gens, de discuter avec eux et de leur proposer ensuite de prendre une photo ensemble. Puis, je raconte leur parcours, un peu comme ce que nous faisons en ce moment pour en garder une trace. Cela me permet aussi de travailler ma mémoire et ne pas oublier toutes ces fantastiques personnes.

Max : Ah ça ! Je comprends. Dis-nous, pourquoi être allée en Belgique plutôt qu'en France ou au Canada par exemple ?

Zoé : Bonne question ! J'ai longtemps hésité entre ces deux autres pays, cependant la question a vite été résolue car le parcours universitaire que je souhaitais faire n'était pas disponible en France ou au Canada. J'avais également le choix du Luxembourg, mais j'ai préféré la Belgique.

Max : Pourquoi ça ?

Zoé : Pour être honnête, j'ai de la famille là-bas. Je sais, j'ai choisi la facilité, je le reconnais. Lorsque je suis arrivée, je suis partie vivre chez mes cousines. Ça m'a beaucoup aidé car je ne connaissais personne. Maintenant, je vis dans une résidence et je m'y plais. Vivre à l'étranger m'a permis de gagner en confiance et j'ai appris à m'ouvrir davantage. Plus jeune, j'étais très timide et réservée.

Max : C'est vrai ? On ne dirait pas comme ça !

Zoé : Oui, j'ai vraiment mûri et j'en suis satisfaite !

Max : Merci Zoé. Voici Farid à présent !

Farid : Bonjour, merci. Moi, c'est Farid, j'ai 25 ans. Je suis Français d'origine marocaine et tunisienne. Mon expérience à l'étranger m'a aidé à m'accepter tel que je suis. J'ai grandi dans une banlieue près de Paris et là-bas, la vie était très dure. J'ai été victime d'harcèlement pendant mes années de collège et de lycée. Quand je rentrais après les cours, je me faisais insulter par des types qui trainaient dans mon quartier. Puis un jour, j'ai été agressé par un mec de ma classe. Après un passage chez le directeur : mon agresseur a été renvoyé mais je craignais les répercussions. Ma « sale » réputation me suivait partout et tout le monde parlait dans mon dos. Je n'avais aucun ami. C'était dur et je commençais à sombrer. Je me répétais que je n'étais… pardonnez-moi l'expression… mais qu'une merde… Un jour, j'ai dû aller voir la conseillère d'orientation, car j'avais complètement arrêté de travailler. J'avais de mauvaises notes partout… Mais la conseillère m'a vraiment permis de rebondir et de reprendre ma vie en main. J'ai passé un contrat avec elle. L'objectif était d'arriver à 10 de moyenne générale pour pouvoir participer à un programme d'échange dans une famille espagnole. Au départ, je n'étais pas trop intéressé, mais la conseillère m'a rapidement convaincu.

Max : Et ensuite Farid ? Que s'est-il passé ?

Farid : Ensuite, je me suis mis à travailler deux fois plus pour rattraper mon retard et j'ai obtenu mon Bac avec la mention assez bien. Mon contrat a donc été validé et j'ai pu partir un an en Espagne dans une famille d'accueil.

Max : C'est super, alors raconte-nous !

Farid : Eh bien, je suis arrivé à Madrid et j'y ai trouvé l'amour ! Le fait d'avoir été dans une nouvelle famille m'a permis de m'accepter. J'ai toujours rencontré des difficultés à me faire une place au sein de ma famille. Le fait d'être transgenre, c'était la *hchouma*, la honte quoi… et je devais me cacher. Dans cette nouvelle famille, ce n'était pas la même chose, je pouvais me confier. Mon espagnol s'est rapidement amélioré et j'ai pu trouver un travail. Je suis devenu ami avec les enfants de ma famille d'accueil et nous sommes encore en contact aujourd'hui.

Max : Et pour les détails croustillants ? Tu disais avoir rencontré l'amour ? On veut tout savoir nous !

Farid : J'ai rencontré Rigoberta qui était serveuse dans une brasserie dans laquelle j'avais l'habitude de me poser pour prendre un thé. Nous avons eu un coup de foudre réciproque et elle est ma compagne depuis cinq ans. Aujourd'hui, nous sommes les propriétaires d'un restaurant qui sert des spécialités maghrébines et espagnoles et tout va bien !

Max : C'est un beau parcours que tu nous as partagé.

J'espère que tout se passera bien pour la suite.

Farid : Merci Max !

Max : Si vous êtes victimes de harcèlement, parlez-en et ne restez pas seuls ! Il y a toujours un adulte prêt vous écouter ou un numéro de téléphone à contacter en cas d'urgence ! Pensez-y, c'est important ! Je vais maintenant donner la parole à Mélissa. Je t'en prie !

Mélissa : Je suis Mélissa ! Je suis Française d'origine srilankaise et australienne. Chez nous, la famille est très importante, mais depuis que je suis jeune, je rêve de la quitter pour faire le tour du monde. Aujourd'hui, j'ai 24 ans et je réalise ce rêve au quotidien. Comme Zoé, je parle plusieurs langues. Je suis hôtesse de l'air pour une grande compagnie aérienne. J'ai toujours appris à me débrouiller toute seule. Mon premier voyage a commencé à mes 17 ans. Je suis partie en Angleterre pour être fille au pair. Partir à l'étranger en tant que fille au pair, c'est prendre ses responsabilités en main, car on se retrouve dans le pays pour travailler et non pas pour être touriste, même si j'ai eu l'occasion de voyager de temps en temps dans le Royaume-Uni. Pour travailler en Angleterre, il faut un Visa : c'est un document officiel qui atteste de sa présence pour un temps déterminé dans le pays. Lorsque le Visa se termine, il faut retourner dans son pays. Sans ce document, je n'aurais pas pu travailler là-bas. Je vivais dans une famille anglaise à Londres. Je travaillais en donnant des cours aux enfants de la famille et je suivais des cours d'anglais dans une école. Je suis restée six mois puis je suis rentrée en France.

Max : Tu n'es pas restée très longtemps en France après, n'est-ce pas ?

Mélissa : Exactement ! Après avoir vécu à l'étranger, retourner chez ses parents n'est pas vraiment facile. J'avais appris à vivre seule et me sentais de nouveau emprisonnée.

Éric : Oui, j'ai aussi connu cette sensation…

Mélissa : Voilà ! Je pense être restée 8 mois chez mes parents avant de partir en Chine cette fois et toujours pour être fille au pair. Comme j'ai eu 18 ans entre temps, j'ai pu partir. On ne peut pas partir partout et il y a beaucoup de restrictions en fonction des pays. Je pense par exemple qu'avec le Brexit, les choses sont plus compliquées…

Max : Mais pas impossible ! Dis-nous, où est-ce que nos auditeurs peuvent trouver plus d'informations si cela les intéresse ?

Mélissa : Oh ! On trouve tout sur internet ! C'est très simple, il faut juste prendre le temps d'effectuer ses recherches. Par exemple, les garçons peuvent aussi effectuer ce programme.

Max : C'est vrai ! Et la Chine alors, c'était comment ?

Mélissa : C'était une expérience particulière… Déjà parce que les papiers à fournir étaient plus nombreux en plus du Visa. Je travaillais pour une famille mais donnais des cours à la fois en français et en anglais aux enfants. Mais ce qui m'a le plus dérangée était le fait d'être perçue comme une bête de foire dans la rue. En Chine, il n'y a que peu voire pas de personnes de couleur. Les gens n'ont pas l'habitude de voir des personnes avec la peau foncée et se méfient. Parfois, on venait me prendre en photo. C'était très gênant et ça me mettait très mal à l'aise. Tout le monde ne fait pas ça, évidemment. Mais lorsque cela arrivait, je ne souhaitais qu'une chose : partir pour me cacher ! Mais je pense que le fait de ne pas avoir vécu dans une grande ville avait été un mauvais choix stratégique de ma part.

Moustapha : Je te comprends.

Mélissa : Oui, la discrimination est encore beaucoup trop présente. En rentrant en France, j'ai décidé d'être hôtesse de l'air. Lors des vols, il n'y a pas beaucoup d'interactions avec les passagers. Mon équipe est cool et on a des réductions si on veut visiter un pays. Je peux donc accomplir mon rêve tout en étant respectée par les gens même si certains se comportent mal. Mais j'ai appris à voir le monde d'une autre façon et je suis davantage altruiste avec les autres.

Max : Merci Mélissa. Ton témoignage était très riche en informations ! Avant de continuer nos interviews et passer aux témoignages suivants, écoutons une experte des *Voyages, voyages*. Je parle bien sûr de Desireless[74]. C'est parti, extrait !

[Pause musicale]

Max : Nous revoici sur Radiomundus, la chaîne de podcasts qui voyage dans le monde. Le thème du jour est l'expatriation et nous continuons d'écouter les récits de nos six invités. Éric, c'est à toi !

Éric : Merci ! Moi, c'est Éric, je suis Français et j'ai 26 ans. Pendant mes études, j'ai fait un Erasmus[75] en Allemagne pendant deux semestres. J'avais 20 ans. Je suis parti vivre à Berlin pour étudier dans une université. C'était une expérience enrichissante ! J'ai rencontré d'autres étudiants du monde entier et ai pu améliorer mon allemand et mon anglais. Puis, comme l'a dit Mélissa, le retour chez mes parents a été compliqué. J'avais besoin de retrouver ma liberté. Pendant l'Erasmus, on est seul et sans ses parents, qui se trouvent à plusieurs kilomètres de nous, nous devons nous débrouiller à certains moments.

Max : Tu peux nous en dire plus ?

Éric : Bien sûr ! Cela concerne les réglementations du pays, la recherche d'appartements, les démarches

---

[74] Desireless est une chanteuse des années 1980 célèbre pour son titre *Voyages, voyages*.
[75] Le programme Erasmus, est un programme d'échange d'étudiants et d'enseignants entre universités et plusieurs grandes écoles européennes dans le monde entier.

administratives, etc. Au début, c'est un peu le chaos mais on finit par trouver ses marques et on s'adapte. Moi, je vivais avec trois colocataires : un Brésilien, un Italien et une Argentine.

Max : Tu es toujours en Allemagne ?

Éric : Oui, maintenant, j'y vis et j'y travaille mais seul. Berlin me manquait trop et je ne voulais plus vivre en colocation ! La coloc t'apprend à cohabiter avec d'autres personnes, mais chacun a ses habitudes et cela ne correspond pas aux tiennes. Parfois, il y a des tensions inutiles. Je ne voulais plus de ça. J'ai eu de la chance en trouvant un petit studio ! Je travaille en tant que professeur dans mon ancienne université berlinoise et je m'y plais énormément ! Il y a des jours difficiles avec les étudiants qui sont très bavards mais dans l'ensemble, je ne me plains pas !

Max : Merci Éric. Écoutons maintenant nos deux derniers invités : Moustapha et Lilou.

Moustapha : Bonjour, je suis Moustapha et je suis Sénégalais. Je parle français depuis tout petit, même si ce n'est pas ma langue maternelle qui est le wolof. J'ai 23 ans. Moi, je suis arrivé en Italie à 17 ans. Je n'ai pas été satisfait de cette expérience.

Max : Intéressant, pourquoi ça ?

Moustapha : J'ai souvent été victime de racisme et cela ne m'a pas aidé à apprécier le nouveau pays dans lequel je me trouvais. J'ai tout de même rencontré des personnes adorables mais j'ai dû rester un mois avant de retourner au Sénégal. Je me suis mis à apprendre l'anglais en ligne avec une professeure. Mon niveau était moyen, mais je souhaitais repartir à l'étranger.

Max : Quel a été ton choix ?

Moustapha : Je suis allé au Canada. Là-bas, c'était différent. J'ai aussi été victime de racisme mais cela n'était pas oppressant. J'ai fait mon bout de chemin et suis devenu youtubeur.

Max : Même question qu'à Zoé : quelle est le nom de ta chaîne ? Nos auditeurs pourront voir ce que tu fais ! Mais d'ailleurs, que fais-tu ?

Moustapha : Je suis danseur. J'enregistre et publie des cours d'afro-zumba. Ma chaîne ainsi que mon école de danse s'appellent : Moustadance. L'école est très connue au Canada ! Ma chaine me permet de montrer des extraits de cours. Je peux dire une chose ?

Max : Oui ! Vas-y !

Moustapha : Bien que ma première expérience à l'étranger ne m'ait pas plus. Je n'ai pas baissé les bras et suis reparti ailleurs. Il ne faut jamais abandonner et mettre de côté ses rêves. Il faut s'ouvrir au monde et tester différentes choses pour découvrir ce qui nous plait ou ne nous plait pas. Il ne faut jamais se forcer. Merci.

Max : Merci à toi pour ces paroles justes et sages. Et après cette longue attente, c'est ton tour Lilou !

Lilou : Les autres témoignages étaient incroyables. Voici le mien : je m'appelle Lilou, je suis Française et j'ai 19 ans. L'école me plaisait mais... j'ai décidé d'arrêter à 16 ans. J'ai décidé de m'émanciper parce que je voulais avoir mon autonomie.

Max : Est-ce que tu pourrais parler de l'émancipation à nos auditeurs ?

Lilou : Ouais ! Être émancipé, c'est quand tu ne dépends plus de tes parents pour faire quelque chose. T'es considéré comme une personne « majeure » par rapport à la justice et pour la société, tu vois ? Mais il faut faire attention parce que si tu commets un délit... genre un vol... Bah ! C'est toi qui vas en prison si t'as pas encore 18 ans. Donc faut bien réfléchir avant de prendre cette décision ! Après, j'ai pu bosser pour avoir de l'argent et quand j'ai eu 18 ans, je suis partie en Thaïlande. C'était un peu comme ça. Je n'avais rien organisé !

Max : Cela ne t'a pas fait peur ?

Lilou : Si, au début, mais après on s'adapte, pas vrai Éric ? Et bah voilà, j'ai été serveuse dans un restaurant français et j'y travaille là. Je suis devenue manageuse et je gère mon équipe. J'ai aussi appris la langue du pays, le thaï, mais j'apprends encore parce que c'est hyper dur... Et voilà, je suis contente d'être partie quand même !

Max : Merci Lilou et merci à vous tous ! J'espère que vous aurez réussi à convaincre d'autres jeunes de partir à l'étranger, même le temps d'un voyage. C'est maintenant à vous que je m'adresse chères auditrices et chers auditeurs : vous aussi vous avez connu l'expatriation et souhaitez venir témoigner, écrivez-nous depuis notre site Radiomundus. Notre équipe se fera un plaisir de vous répondre et, qui sait, vous pourrez peut-être venir témoigner dans notre studio d'enregistrement ! Comme d'habitude, je laisserai les liens et les coordonnées de nos invités pour celles et ceux qui ont donné leur accord sous le podcast qui sera disponible sur le site. Chers invités, je vous souhaite à toutes et à tous une bonne continuation et n'hésitez pas à m'écrire de temps en temps ! C'est ainsi que s'achève notre…

Zoé : ATTENDS MAX ! On doit faire un selfie de notre rencontre, si tout le monde est d'accord ! Je la posterai sur ma page !

Max : OK ZOÉ ! C'EST PARTI !

[Pause photo]

Max : C'est donc ainsi que s'achève notre podcast du jour et j'espère qu'il vous aura plu ! À très bientôt sur Radiomundus !

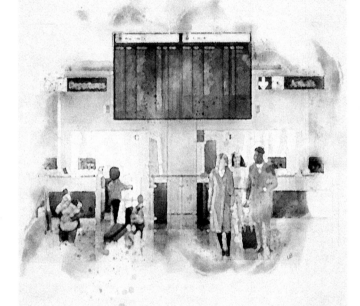

J'étais encore enfant lorsque j'ai quitté mon chez-moi...

..je suis rentrée grandie.

FIN

Merci pour ta lecture ! J'espère que les textes et les illustrations t'auront plu ! Pense à parler de ce livre autour de toi si c'est le cas ! 😊

N'hésite pas à me laisser un commentaire sur la page Amazon du livre ou bien demande à tes parents de t'aider. Toutes les critiques constructives sont les bienvenues !

À bientôt pour de prochains textes !

T.LMW

POSTFACE

Un énorme remerciement se porte vers les artistes provenant des quatre coins du monde (d'Europe, d'Afrique, d'Asie ou encore d'Amérique) qui ont bien voulu participer à ce projet afin de donner vie à mes textes par leurs illustrations. Je vous invite à les suivre sur les différents réseaux sociaux qui accompagnent leurs œuvres !

Je remercie également chaleureusement tous mes proches qui ont bien voulu corriger les coquilles et me suggérer des pistes d'amélioration !

T.LMW

Thomas LI MA WEI : tlmw.edition@gmail.com